心湖的水聲

江　迅

目　錄

B

C

D

A

心湖的水聲

「疫情後，
希望國家給我分配一個男友」

　　這幾天走過地鐵站內，隨時能看到婚紗廣告。香港灣仔會議展覽中心舉行第 98 屆香港結婚節暨春日婚紗展。新冠疫情下，自一月至今會展業停頓，這結婚節婚紗展是疫情後的第一個展覽。原定 2 月中旬情人節舉辦的展覽，姍姍來遲，但畢竟還是來了，這一展覽令香港人有一種特殊的「甜蜜」，雖然展覽只與特定人士有關，但人們又攪動一個老話題：單身。

　　在香港，遲婚和不婚的人口愈來愈多。早前讀過日本市場趨勢專家荒川和久的《超單身社會》一書，有不少啟示。香港統計處最新調查顯示，2016 年 25 歲以上「剩女」有 62.4 萬人，「剩男」有 57.2 萬，合共 119.7 萬人。2017 年 25 歲以上從未結婚人口則有 120.3 萬人，較 2016 年增加 6,100 人。離婚數字宗數，由 1986 年 4,257 宗大幅上升至 2018 年的逾 2 萬宗。

　　數據亦揭示港人未婚、晚婚現象，在過去 32 年，15 歲及以上從未結婚女性人口升至 59.7%，而男性則上升 11.7%。其實，遲婚和不婚現象在兩岸三地已是共性。在中國內地，據 2020 年 1 月國家民政部發布的資

心湖的水聲

料顯示，2019 年中國內地婚姻登記機構辦理結婚登記947.1 萬對，年度結婚登記對數首次跌破 1,000 萬對，自 2014 年以來持續下降；離婚登記 415.4 萬對，10 多年持續上升。2018 年中國內地結婚率僅有 7.2%，為2013 年以來的最低值，而在上海、浙江、廣東等沿海發達地區結婚率更低，上海達 4.4%，為內地最低。

有趣的是，剛剛閉幕的全國人大和政協「兩會」，有一份被網民稱之為一份「讓國家分配男朋友」的政協委員提案。該提案由全國政協委員、上海市信息安全行業協會會長談劍鋒提交，呼籲建立全國統一婚戀登記信息查詢平台。事情緣由也與武漢疫情有關。

2 月，各地醫護人員赴武漢疫情重災區支援。來自湖南省中醫藥研究院附屬醫院護士田芳芳，在武漢方艙醫院工作。她每天除了負責患者治療以外，還要帶領他們做廣播體操、唱歌助興，幫助緩解焦慮情緒。一天，她結束工作後，在紙上寫下「希望疫情結束，國家給我分配一個男朋友」的字句，開玩笑紓緩工作壓力，令在場同事和患者笑得開懷。她還笑談擇偶條件，「我 1 米 69 不能比我矮」，還自信「男朋友會有的，疫情也會結束的」。這在網上公開後，令一眾單身網民議論紛紛。

田芳芳一句玩笑話，引起談劍鋒關注。透過一系列調研，他深感單身現象已成為社會普遍問題。在恐婚族

中，房子、車子、票子（錢）是壓倒青年的人山；工作繁忙、交際面窄、缺乏可信有效的聯誼交友管道，是青年「被單身」的主因。他在調研中發現，大量婚戀網站和婚介服務機構應運而生，各相親節目持續熱播，兩知名婚戀平台「世紀佳緣」和「百合網」的註冊戶合計已逾3億，內地婚介服務機構有1.8萬家，從業員20多萬。然而，婚戀業紅火景象的背後卻也存在不少問題，婚戀資料互相未打通，年輕人透過婚戀網站交友存在被騙隱患……於是，談劍鋒提交了這份提案，籲請民政部聯合相關單位共同搭建全國統一婚戀登記資訊查詢平台，幫助青年解決婚戀交友方面的煩心事。

　　一次，朋友的女兒說到婚戀，坦承：「我恐懼婆媳關係，恐懼對方變心，恐懼生小孩，最好的辦法就是不結婚；世上有美滿婚姻，但我不相信自己會幸運遇到；一個人也挺好，自由輕鬆，想幹嘛幹嘛。愛情，有最好。愛情也沒有那麼美，沒有也無所謂。」兩情相悅，其實，真有這樣想法的女孩並不多，只是沒遇到真正喜歡的人而已。

心湖的水聲

「我的敵人是新冠病毒和老公」

　　香港新冠疫情第三波襲來，在兩岸開始流行的「夫源病」一詞，也聽多了。「比起新冠，我可能因『夫源病』而死掉」成了熱話題。這「夫源病」的意思是：身體感覺不舒服，主因是來自老公的壓力。其實，這不是一個新詞，五六年前由日本大阪大學醫學系一位副教授提出的，「夫源病」是指妻子九成的疾病因丈夫而引起，精神病症是焦灼、暴躁、抑鬱、愁悶、誠惶誠恐、坐立不安等，身體症狀伴隨噁心、胃疼、頭痛、失眠、冒冷汗、食欲不振。

　　新冠肺炎疫情下，眾多妻子紛紛在社交平台留言，訴說「夫源病」症狀：「老公在家的日子多了，我最近頭暈得厲害，感到噁心」，「家裏收入減少，他在家從來不做家務，不照顧孩子，只聽到他大喊大叫」，「白天他總是坐在客廳，拿遙控器，只是看電視，什麼事也不做，去廚房泡茶倒水都叫喚我，在一起的時間增加了，反而覺得很痛苦」，「我先生不戴口罩外出，回來也不消毒，打噴嚏大聲，對我而言都是陣陣壓力」……

　　「夫源病」引發了離婚潮。有學者在視訊上說，南京的一名女子經歷了疫情決定離婚，她說，疫情初期，

她獨自開車轉了大半個城市為全家買口罩，老公卻冷冷地說了一句：要戴就你戴，我是不會戴口罩的。從疫情隔離到現在解除疫情，她先生每天都是負能量，一會兒抱怨這個，一會兒又抱怨那個。家裏孩子哭鬧，他又責怪老婆，孩子都帶不好？結婚6年，除了談戀愛時，其他時間先生都在懟她，這次疫情又是一枚引火線。

疫情之後離婚率激增成了新趨勢。最近上海、廣州、杭州和其他城市，出現了離婚預約爆滿現象。陝西省西安民政局「離婚爆滿」引發熱議，沒被「病毒」打倒，卻被現實婚姻給打敗了，平均每天有10對結婚，有4對離婚，預約已排到8月底。近來，全國普遍都出現離婚潮暴漲。全國離婚率已連續15年上漲，離婚已沒有所謂冷靜期。據統計，從2003年起，中國離婚率連續15年上漲，從最開始的1987年的0.55%，上升到2017年的3.2%，2020年上半年的離婚率數據尚未披露，但學者普遍預測，會超過5%。

這暴增的「離婚潮」，究竟是誰惹的「禍」？有專家分析，這是因為疫情令夫妻長期宅在家。不能出門，本來就容易帶來心情壓抑而情緒失控。生活小事容易引發矛盾，矛盾一旦激化，便導致「衝動性離婚」。疫情期間，最容易殺死婚姻的，往往不是原則問題，就是生活瑣事。都說夫妻之間「距離產生美」，應該讓對方留一點自己空間，避免「視覺疲勞」。

心湖的水聲

離婚率暴增，是不是「疫情」惹的禍？其實這「鍋」也不能全讓「疫情」揹。夫妻之間原本就出現問題，這段時間「近距離」接觸，讓雙方更徹底看透對方，不時的摩擦加速「離婚」進程。記得有婚姻問題學者說過，良好的婚姻不只是 1 + 1 = 2，而是 0.5 + 0.5 = 1。合二為一才是最好的。0.5 而不是 1，表明人無完人，人人有缺點，唯有互相包容，自我克制。老一輩人常說，現在的人一旦有東西壞了，只會想着去調換新的，而以前的人東西壞了會嘗試修補。婚姻也是如此。

　　其實，愛情從來不是婚姻保護傘，婚姻複雜而夾雜許多因素，價值觀，生活方式，甚至掃地煮菜的方法，時間久了都會讓雙方備受考驗。於是，就能理解為什麼一些日本主婦會如此嫌棄她先生，更甚於新冠病毒：「我的敵人是新冠病毒和老公。」

女生「安全著裝」，以防產生誘惑？

追看 16 集懸疑劇《摩天大樓》，這部電視劇改編自好友、台灣作家陳雪的小說。這部劇有看點，不僅僅是懸疑劇這麼簡單，包含了眾多社會及女性職場話題。劇情圍繞咖啡館單身女老闆之死而展開。在第一集，中年男警察看到屍體時便旋即斷定，「漂亮女生一般都是情殺」。一個女性，甚至在被殺害之後都要先從自己身上找原因，社會對於女性慣常的苛刻可見一斑。比起電視劇，現實或許更為狗血。

日前，廣西大學官網「學生思想政治教育主題網站」的「雨無聲」頁面，發布了 2020 級迎新專題「女生安全攻略」。這份安全攻略分別對著裝、住宿、出行、侵害等 9 種情況提出 50 條建議。其中對於女生著裝建議，「不要穿過分暴露的衣衫和裙子，不低胸、不露腰、不露背，防止產生誘惑」，引發網絡熱議。3 天後，微博上關於「廣西大學女生安全攻略」的話題，閱讀量高達 1.7 億，討論量 1.5 萬。

輿論指「對女生著裝建議」涉嫌性別歧視。該校學工部人員則回應稱，「穿著暴露不符校園文明禮儀」，「同學們在學校應懂得有怎樣的規矩」，圖書館和教室

心湖的水聲

等場所都是不能穿着吊帶衫裙進入的。這番回應更是一石激起千層浪。不少網友認為「穿著屬個人自由，限制女生穿著以『防止產生誘惑』並不合適」。但也有網友認為，「學生就該有學生的穿著打扮」，學校發布善意提醒無可厚非，女生確實應該懂得保護自己。

既然是安全攻略，向女生提示生活中可能出現的危險，給出防範指南，也在情理之中，這份善意可以理解。學校重視安全教育是必要的，但保護女生最首要的就是想方設法構建平安健康的校園環境，給她們以安全感，而不是讓女生「安全著裝」，把保障校園生活安全的責任轉嫁到女生身上。「防止產生誘惑」這樣的言論，不僅表述不當、不合時宜，還極易產生誤解和「性騷擾受害者有原罪」的價值導向。其實，這些所謂規則更多只是想當然，缺乏犯罪學的實證依據，目前也並沒有任何研究指出，受害人的衣著與性侵加害者的目標選擇有直接聯繫。對女生衣著諸多規定，未免有「男性本位」之嫌，將女性當作「審美客體」，本身就有不尊重女性的意味。

事實上，類似舉措並不少見，安徽有圖書館規定「女生穿短於 50 公分短褲短裙不得進館」；杭州地鐵工作人員阻攔穿着吊帶衫裙的女生進站；還有高校禁止學生穿短裙上課，並稱若違反會遭記名扣分⋯⋯在網上，不少人看到這份廣西大學安全攻略後便紛紛指出：

「是不是也應該出一個男生如何管好自己攻略」，「出一個對應的男生專題，告訴男生要抵制誘惑，培養高尚情操」……網友們這麼說，也反映出這類安全攻略在着力方向上出現了偏差。

前段日子，深圳公安在網絡上發布一篇《世上好看的小裙子，你儘管去穿！地鐵上的色狼，我們來抓！》的文章，霸氣語言透露出的「寵溺」，給很多女性打了一劑「定心針」，讓不少網友直呼「男友力 max」（網絡流行語，指男人味十足，暖心而體貼，還有些小霸道，常被用來形容男生能給女生安全感的行為）。

中國傳統觀念認為，女性被騷擾是「自討苦吃」。不記得是哪位作家說過的：「這世界上賊的出現，並不是因為桌子上放着一塊無人看管的麵包。」色狼實施性騷擾，問題在於色狼，而不是在被騷擾者。

心湖的水聲

「猜不透男人那小腦瓜在想什麼」

香港深水埗欽州街大型商場西九龍中心，外牆掛出6幅大型廣告，成了年輕人新打卡地。那是漫畫家林祥焜設計的「GOODGIRL」系列，以性感少女為主題，印上「放肆」等大字，海報上展示多名衣著性感少女的漫畫，她們或泳裝，或短上衣，或運動裝，用色鮮艷，引發公眾輿論新話題。

有區議員聯同家長代表請願，聲稱接獲家長投訴，指廣告中的少女衣著暴露、姿勢意識不良，與子女路經時頗感尷尬，要求拆除廣告。不過創作的漫畫家反駁，指廣告獲淫褻物品審裁處審核。他在網絡上留言稱：「區議員不諳藝術，如同『井底之蛙』」，「下一步該封沙灘泳池，捉捕那些三點式女泳客」。網絡上也有不少留言指廣告「很青春」、「好陽光」。

輿論評說呈現明顯兩極化。拆還是不拆，無論如何，這廣告效應是完全達到了。讀到這一消息，旋即想到前不久韓國國會女議員穿短裙，宣示「表達權」而挑戰傳統的事件。

正義黨 28 歲女議員柳浩貞，是韓國歷來最年輕國會議員。一次，出席國會會議時，一頭短髮的她，以一

襲紅色短款連衣裙示人，配上黑色帆布鞋，清爽而俏皮，與在場穿西裝、打領帶的男議員對比鮮明，如此突兀而成全場聚焦點，引發當地對職場女性衣著的爭議。有官員稱她「嘩眾取寵」，這裏不是走秀的場所，在國會常裝就是套裝。有網民批評其穿著不得體，不分場合，揶揄她是「酒吧女郎」、「練歌廳助手（KTV 陪唱）」……近乎性騷擾的惡毒留言。

但也有人讚賞她勇於打破國會僵化成見，年輕活力，勇於表達。柳浩貞說，她穿短裙旨在挑戰男性在國會的主導地位，「會議上大部分男性議員都穿西裝和打領帶，我想打破傳統，國會權威並非建基於西裝之上」。她稱自己不用解釋個人衣著選擇，「我會穿上最適合我工作的衣服」。

這場爭議又滑向性別歧視的問題。正義黨針對網絡輿論發表聲明，「對於我黨柳浩貞議員的責難充滿性別歧視的偏見，對此深表遺憾」。有輿論指，柳浩貞說出了無數女性心裏有、卻沒有機會去表達的話。

近來，常常從網絡上看中國內地脫口秀女演員、編劇楊笠的「笑果文化」。兩年前，她開始脫口秀職業生涯，參與《脫口秀大會》第二、三季錄製，在騰訊視頻播出，一躍成為全國十強。她的話語難能可貴，是她提供了可貴的女性視角，即像男性凝視女性一樣凝視男性。在脫口秀舞台上，她每出場一次都成為爆梗王。她

心湖的水聲

犀利吐槽男人，談到男人的自信感，她說，「男人這種生物特別神秘，你永遠猜不透他那小腦瓜裏到底在想些什麼」，「有些男人，你多和他對視一眼，他們會覺得是你愛上他了」。節目播出後，楊笠吐槽直男盲目自信成為網友爭相熱議的話題。眾多網友強烈呼應稱她「罵得好」，講出女性視角下的男人。女性追求平等，首先是勇於表達。一些人視她為「脫口秀女王」，為女性表達權「脫敏」。

現實中男性對女性確實有很多天然偏見。當然，他們也可能是君子，也可能憐香惜玉，但他們本能地覺得女性軟弱。一直以來，女性需要平權，表達的權利正是女性所欠缺的。當他們對女性指手劃腳時，以為這是天然權利，從未想到，女性同樣也可能對他們指手劃腳。很多時候射向對方的箭，也會射向自己。當然，不論男人女人，都不要把男女平權視為特權窗口。

記憶遭遇「橡皮擦」：愛不會遺忘

　　歲末，我給去世 15 年的上海老市長當年的秘書兩次電話，手機鈴聲響，卻沒接，兩天後上海朋友從他家人那裏獲悉，這位秘書已喪失記憶。同日，我給已故北京著名哲學家的夫人打電話問候，也是沒人接，事後北京朋友告訴我，這位夫人也患上認知障礙。失憶、失語、失認、失能，這些老友的記憶和行為障礙，估計患的是阿爾茨海默病。

　　學名為「阿爾茨海默症」，就是人們通常說的「老年癡呆」，換一種中性的稱呼「認知症」。聽醫生朋友說，世界上第一例阿爾茨海默病在 100 多年前就被確診，但至今仍沒找到能根治的辦法。截至 2018 年，全球認知症患者總數已超過 5,000 萬，預計 2030 年將達 7,470 萬，全球每 7 秒鐘就有一個人被確診為老年癡呆。目前中國有 1,000 萬這類病患者，數量居全球之首。

　　患了阿爾茨海默症的人，腦海中就像藏了一塊橡皮擦，記憶會一點點被抹去。他們開始丟三拉四，忘記生活中的一些大事小事，自理能力和認知水準愈來愈差。他們會慢慢忘記家人長相，忘記他們年齡。正如紀錄片《人生第一次》中所說的：「生的對立面，或許不是死

山湖的水聲

亡，而是遺忘。」遺忘是死亡的開始。

　　一位朋友在上海的父母得了阿爾茨海默病。父親是重度患者，母親則是在病情的初級階段。他們育有三個女兒都各自成家。老先生自從得病後，整日癡癡呆呆。女兒們曾多次想把他送去養老院，母親不捨得，寧願不辭辛勞地伺候老先生。一次，老太太在廚房煮飯，老先生不見了，獨自離家出走，急得老太太老淚縱橫。後來，老先生在無錫被警方發現。此後，老太太再也不放心老先生一人待在房間裏，想了好多辦法，最有效的是老太太進廚房煮飯時，就用一根繩子，一頭綁在老先生腰部，另一頭綁在她自己身上。每天，把老先生逗得樂呵呵的，不再擔心他「離家出走」。

　　老先生病情加重而無法起牀，女兒每天輪流陪護。但有一件事老太太執意要自己做，親手餵飯給老先生吃。餵了大半年，老先生撒手人寰。不久，老太太病情也急轉而下，神思恍惚。但她依然忘不了一件事：餵飯。她記不住自己是否進食，但每天要求女兒給老先生盛一碗飯，由她自己親自對着老先生的照片來餵。沒幾天，她居然把老先生相片的嘴形部位給挖空了，很認真地一勺一勺地往他「嘴」裏餵。即使慢慢失去對親人的記憶，但仍用自己方式表達愛意。日前，老太太也走了。聽了他們故事，令人唏噓，潸然淚下。

　　對阿爾茨海默病患者而言，記憶是慢慢消失的碎

片。在認知症患者的腦海裏，記憶就像是被一塊「橡皮擦」逐漸抹去痕迹，記不得自己的姓名、年齡、住址，甚至記不得身邊的人……漫長而痛苦的「失去之旅」，其實是患者與家庭、社會的一場漫長而無聲的告別。被最愛的人漸漸忘記，這是一種難言的痛。

　　他們只是關閉了大腦中的某個小小窗戶，不等於完全喪失感情和記憶的空間。就如同這對老人。他們確實忘了很多事，但永遠不會忘記愛，始終記得老先生曾經對她的好，即使不能靈活表達，也一直記得面前的人，是她的愛人。

　　文化人沈從文曾寫過一句話：「橋的那頭是青絲，橋的這頭是白髮。」記憶會慢慢消失，但愛不會。可能我們說過的話，他們聽了就忘。但那份愛，依舊會深藏在他們的內心深處。趁在腦海中那塊橡皮擦抹去記憶之前，多表達自己的愛意吧。

心湖的水聲

從外交官的「陪睡丫頭」
到「夫人外交」

　　「夫人外交」近期一度又成熱詞。事緣前美國駐成都總領事館「領事夫人」莊祖宜，日前在臉書上訴說中美互關領館，令她和兩個孩子滯留華盛頓，帶着三個皮箱，舉目無親，淒慘度日。一個美國外交官夫人怎麼會淪落至此，引發熱議。47 歲的她是 2017 年夏天隨她先生、美國駐成都領事 Jim Mullinax（林傑偉）到了成都。她是台灣人，自稱「成都女兒」，母親是成都人，外公是重慶人。她是個作家，出版過暢銷書《廚房裏的人類學家》、《其實，大家都想做菜》，精於廚藝，醉心生活，自稱「攻讀人類學博士」、「成都第一個持證的賣唱藝人」。中國內地網民讚她「與成都市民面對面交流沒有官太太架子」，她成了「網紅」，微博上坐擁近 60 萬粉絲，她的「夫人外交」，贏得網民讚許。

　　半年前，中美外交急凍互關領館，莊祖宜將自己返美描述成「猶太人為了躲避納粹而離開家」。如此詆毀中國，引發網民憤慨，莊女被起底。她 3 年來一邊在內地微博展示自己愛成都、愛中國文化，一邊又在中國境外社交媒體暗中鼓吹「台獨」，支持「港獨」。中國網

民直指她「女特務」、「香蕉人」。有媒體甚至毫無根據地指莊女「領事夫人」的人設是虛構的，她的真實身分是台灣當局配給這名美國外交官的「陪睡丫頭」，稱她只是以領事林傑偉隨員身分到成都，領事有自己家和孩子，她的「夫人外交」只是個騙局。

說起「夫人外交」，不免會說起宋美齡和李雪主。蔣介石夫人宋美齡獨特的魅力，對美國輿論產生強烈而感性的影響，女人的魅力不在年齡，那氣質優雅的熟女，氣定神閑，寵辱不驚。有時宋美齡不談「外交」，只講「私交」，卻能對國家政局產生影響。朝鮮最高領袖金正恩夫人李雪主，擁有被稱為「北韓宋慧喬」的美譽。她頻頻跟金正恩出訪，形象溫婉清純，一頭中長曲髮，鵝蛋圓臉洋溢青春氣息，這份少女韻味迷倒一眾粉絲。她傳遞的女性使者形象予人和平符號，令朝鮮的「核武」已不重要了。

「夫人外交」指的是夫人在對外交往中的活動和作用，特別是指由夫人出面完成某種特定的外交任務的外交形式。這裏的夫人，首先指國家領導人和高級外交官的夫人。夫人特殊的政治身分加上女性特有的剛柔相濟、溫和友善、善於傾聽等特質，有助於夫人在國際交往中扮演人道主義和文化使節角色，在涉及文化教育、婦女兒童、健康公益等議題上，起到其他公共外交形式無法替代的作用。由此，「第一夫人」外交，也成了世

心湖的水聲

界各國一種重要公共外交方式。外交工作總縱橫捭闔、你來我往，如果說國際場合的官方活動是「山」，那風姿優雅、賞心悅目的「夫人外交」則是「水」。

　　早在 1963 年 4 月，時任中國國家主席劉少奇攜同夫人王光美訪問印尼。王光美首度以國家領導人夫人身分出訪，她穿旗袍、戴項鍊，與印尼總統蘇加諾共舞，旋即在國內引發極大轟動。中共執政後有不成文慣例，領導人出訪社會主義國家不帶夫人，出訪非社會主義國家則要對等。自 2013 年 3 月以來，中國第一夫人彭麗媛隨習近平頻頻出訪，那股「魅力攻勢」贏得中國「新名片」之譽。

　　夫人多扮演「軟實力」的角色，「夫人外交」是一種「她實力」。在國際舞台上發揮着日益重要的作用．「夫人」這種特殊身分，加上女性特有的柔性特質，為公共外交增添一抹魅力色彩。

我們不叫「單身狗」，
代號叫「孤狼」

疫情下，求變中的無線電視推出熱播劇《香港愛情故事》，是近年難得獲年輕網民稱讚的新劇。此劇講述多條感情線中的幾代人愛情故事。聽同事說，看完大結局令人感慨最深的，就是不羨慕別人的生活，坦承自己有好有壞，不作攀比，活在當下，現在就是你最好的生活狀態。

情人節來臨，癡情男女為之瘋狂的節日。除了 2 月 14 日那天，還有日本的白色情人節 3 月 14 日；韓國的黑色情人節 4 月 14 日，銀色情人節 7 月 14 日，綠色情人節 8 月 14 日，擁抱節 12 月 14 日；巴西的情人節 6 月 13 日……每逢情人節，熱議話題當是「單身族」。

敢問世間情人節為何物，直叫人虐死「單身狗」。別以為情人節朋友圈都是撒狗糧秀恩愛的。情人節與其說是一個西方情人節，不如說是段子節。網上層出不窮的段子手們，讓人不出門也深受暴擊。讀讀「單身狗」情人節發朋友圈的的勵志句子，幽默、扎心、傷感、搞笑：「像舊巷子裏的貓，我很自由，但沒有歸宿」、「對方拒絕了你的狗糧，並踢翻了你的狗盆」、「自從我

心湖的水聲

媽知道單身狗這個詞後，她已經忘了我叫什麼名字」、「狗活到你這年齡早沒了，你應該是單身龜」、「一家餐廳打出告示：情人節，帶女朋友打 95 折，帶老婆打 9 折，兩人都帶，免費。歡迎烈士挑戰」……

　　全世界都是戀愛的酸臭味，只有段子手們散發着單身狗的清香，將單身說得如此清新脫俗，想起那首林志炫演唱的《單身情歌》：「抓不住愛情的我，總是眼睜睜看它溜走，為何不能算我一個？在愛中失落的人到處有，而我只是其中一個……」

　　在中國內地，單身已成為一種普遍的社會現象。據國家民政部的資料顯示，2018 年單身成年人口高達 2.4 億人，其中超過 7,700 萬成年人是獨居狀態，預計到 2021 年將上升到 9,200 萬人。獨居人口從 1990 年的 6%，上升到 2013 年的 14.6%。自 2015 年起，一人戶佔比逐年增加，2018 年已上升至 16.69%。當代年輕人的婚姻觀也在發生變化，晚婚、恐婚現象悄然形成。

　　另據民政部資料顯示，2019 年全年結婚登記 927.3 萬對，比上年下降 8.5%；離婚 470.1 萬對，比上年增長 5.4%。結婚率 2019 年降至千分之 6.6，離婚率則上升至千分之 3.4。智聯招聘聯合珍愛網發布《2018 年職場人婚戀觀調研報告》，68.33% 處於單身狀態。蘇寧金融研究院發布的《單身群體消費趨勢研究報告》顯示，單身潮形成的原因是青少年男女性別比失衡、女性

婚戀觀念轉變、社交圈子小、經濟條件較差以及擇偶標準高都是導致單身人群規模日漸壯大的主因。

媒體早有警告：過了 2020 年中國將出現 3,000 萬（男性）光棍大軍，且尤以農村最為嚴重，預計到 2040 年，30 歲及以上未婚男性將超 4,000 萬。網絡上開始出現「3,000 萬光棍男怎麼辦」的討論。社會大風氣宣揚「單身有罪」，但也有不少輿論為獨身主義者正名。

單身多年的北京女作家九丹，近年從寫小說轉化為繪畫，聊起單身的話題，她發來三張她的畫，兩隻貓的畫像和她自己的畫像，留言三個字：我們仨。始終單身的南京記者白峰發來微信說，「有人說自己單身兩年了，我說，這有什麼了不起，我從出生就開始單身。情人節沒有約會還要替人加班。那天，一位可愛的女同事來問我，情人節那天你有空嗎？我心裏一樂，總算今年有戲了，我笑着回答她說：『有啊！』然後，她就跟我換班了」。不過，他再重申：我們不叫單身狗，我們的代號叫孤狼。

心湖的水聲

每個兒女心中都有一位「李煥英」

　　這些天，在中國內地，幾乎人人都在說「李煥英」。我上網觀賞了電影《你好，李煥英》。片尾大反轉時，我眼眶含淚，沒哭出來，但據說每一場播映的影院裏，啜泣聲此起彼伏。這部電影的主題就是母愛。無論什麼時候，母愛總是讓人沉默沉思。《你好，李煥英》僅用10天奪得40.26億元人民幣票房，位居中國影史票房榜第五位，以目前這部電影的關注度，仍火熱上映中，有望再拿下10億元票房，令喜劇女演員賈玲躋身中國影史票房前三的導演行列。

　　「李煥英」，是演員、導演賈玲的母親，李煥英愛笑、心大、好面子。電影殺青時，賈玲發了一條微博：「媽，電影《你好，李煥英》殺青了。我厲害不？」2021年，是她媽媽李煥英離開賈玲的第20年。2001年，19歲的賈玲考上了中央戲劇學院，第一個寒假她打工給爸媽買了新衣服，媽媽要的綠皮衣不合適，於是又寄給她換掉。可新衣服還沒往回寄，她媽媽意外去世。為給孩子賺學費，爸媽在老家幫人運稻草，媽媽坐在裝滿稻草的車上，車繞彎時，一不小心摔下，當場去世，年僅48歲。

如果再等 4 年，賈玲就能畢業、賺錢，給母親買雙開門的大冰箱；再等 9 年，母親就會在大年除夕看到女兒出現在中央電視台春節晚會上表演……可是媽媽都沒等到。賈玲 2016 年自立門戶成立公司「大碗娛樂」，團隊創作的第一個作品，即小品《你好，李煥英》。她說，「成立公司是我生命中大事，我想讓媽媽知道。我也想讓所有人知道，我媽媽叫李煥英」。後來，賈玲要「給媽媽拍一部電影」，又用 3 年籌拍電影《你好，李煥英》。影片「穿越」中，賈曉玲在一心一意哄媽媽開心。在影片的最後，賈曉玲（賈玲飾）開的那輛車正是她向母親承諾的敞篷普桑，車牌號是鄂 HY1012，HY 就是煥英，1012 則是媽媽忌日。

　　看完這部電影，誰都會相信，賈玲寧願放棄這一切，去換取母親的再生。開場不久，影片中的賈曉玲的旁白就迅速讓觀眾共情：「不知道你們記不記得自己媽媽年輕時的模樣，反正從我有記憶起，我媽就是中年婦女的樣子」。於是，全國各地的兒女們，紛紛翻找出家裏老相片，或彩色或黑白，曬出自己的「李煥英」，原來那個印象裏幾十年如一日的「中年婦女」，年輕時候也曾經漂亮、高䠷、要強。每個女兒心中都有一位「李煥英」。她的模樣在歲月飄逝中記錄你的出現及成長的痕迹。她曾為滿足你一個小願望，付出很多心血；她曾為你的一個小進步，花費很多精力。

心湖的水聲

上海作家章慧敏的媽媽 97 歲，她說，「年齡和認知、行動能力是成反比的，老媽對我的依賴與日俱增。有時，我在給她剔魚刺或剝蝦殼時會不由自主地想到，這些動作是我小時候她替我做的。一個輪迴，是悲哀嗎？也不盡然，像我這樣過了花甲之年的人，能為父母盡點孝，再喊一聲『阿拉姆媽』的人已不多了」。

媽媽通常是一個沒有名字的人，爸爸習慣叫她「喂」、「老婆子」，鄰人習慣叫她「孩子他媽」，孩子喜歡叫她「姆媽」。但媽媽們卻又有一個共同的名字：「母親」。《你好，李煥英》把人們帶入了自己的那份親情：賈玲講了一個自己的故事，也講出了很多人心中的故事。人們都說，「來生再當母女，我來做媽，你做女兒」。惦記心中那個「李煥英」，最美的路是回家的路。抽空多給父母打個電話，發個短視頻。

女性有「血光之災」不能進隧道？

　　「女性不能進隧道。女性陰氣重，進了會晦氣」，「女性的『血光之災』，可能造成隧道事故」。這不是說笑，3月8日國際婦女節，在北京的全國人大會議期間，身為總工程師的人大代表田春豔有議案稱，要破除隧道施工建設中歧視女性的封建迷信陋習。你或許會訝異：都什麼年代了，施工隧道還有這規矩？一些從業工程建設的朋友都印證了這一「潛規則」：女性不能進入施工隧道，連女性技術人員也要被攔在隧道之外，理由：不吉利。

　　早先也聽說過修建高速公路隧道，施工期間不允許女性進入。持這觀點的竟搬出國家《勞動法》關於女職工從事勞動的法規：第 59 條──禁止安排女職工從事礦山井下、國家規定的第四級體力勞動強度的勞動和其他禁忌從事的勞動。勞動部印發的《女職工禁忌勞動範圍的規定》、國務院頒布的《女職工勞動保護規定》等法規，對女職工禁忌勞動的範圍作的具體規定。女職工禁忌從事的勞動範圍有：礦山井下作業，不包括臨時性的工作，如醫務人員下礦井治療和搶救等；礦山井下作業包含煤礦、非煤礦山，各類礦山野外露天採礦、井下

山湖的水聲

採礦、開鑿隧道、修地鐵、地下工程建築等。

　　規定很明確，禁忌的是井下、隧道、地下工程從事作業，與「女性不能進入」還是有區別的。井下、隧道往往施工難度大，容易出現意外狀況，只是出於出於保護女性的視角出發。沒有科學原理證明女性進隧道會製造更多事故。在某些人心目中，女性生來陰氣重，進入隧道，十分晦氣，會給工程帶來災難。其本質在於兩點：迷信，歧視。作工程的更應該多一點科學精神，少一點「玄學」，多講技術，少講「忌諱」。工程建設行業需要心存敬畏，但該敬畏的是科學，而非迷信。

　　剛剛聽了田春豔的議案，3月8日這一天又看到大品牌「漢堡王」英國官方推特帳號發文稱：女性應該待在廚房。這條推文迅速引爆外國網友強烈不滿，被視為在「國際婦女節」這天發出的「歧視女性」歪論。隨後，「漢堡王」解釋稱，「目前世界上只有20%的廚師是女性。我們的使命是改變餐飲業的性別平衡，使女性員工有機會從事烹飪事業」。不過，網友們對這一解釋並不買賬，紛紛指責這是「性別歧視」言論。迫於壓力，「漢堡王」於當日刪除了這條推文並向網友致歉。顯然，「漢堡王」沒有意識到「廚房」這個詞，並不是商業、職業所屬的特殊名稱，是每個家庭都會有的設施。「女性應該待在廚房」給人的理解是應該待在家裏做飯，而不是「女人也可以成為廚師」。

歧視女性的言行成為事件，時有所聞。最近引發世人熱議的當屬日本森喜朗了。向來有「失言王」之稱的他，身為東京奧運組委會主席再次「禍從口出」，他在席上提到，「如果理事會有太多女性的話，會議沒完沒了」。此番涉及性別歧視的言論曝光後即引起軒然大波，他不堪受壓而辭去職務，以平息風波。

　　宣導平等和尊重，打破父權社會，應該說男女權力差距正逐步縮小。對於女性而言，改變個體的性別歧視相對容易些。現代社會獨立女性也愈來愈受認可。每個人都是女人生的，歧視女人，就等於歧視母親。我有時會想，有男性會對屠呦呦有性別歧視嗎？如果習近平夫人要去視察某隧道工程，誰又會阻擾她，說會帶來「血光之災」呢？

山湖的水聲

「衣著政治」：
第一夫人的第三種語言

　　美國第一夫人吉爾‧拜登因一套著裝，意外引爆一場激烈的「推特之戰」。69歲的吉爾，從加州返回華府，在安德魯斯空軍基地步下飛機。被拍下的照片上，她一身黑色造型，身穿黑色修身西裝短外套，過膝黑色短裙，足蹬黑色高跟短靴，露出的腿是黑色類似漁網襪襪褲。格外扎眼的性感網襪，西裝外套，過膝短裙，這身「混搭」，引發輿論正反激烈爭辯，聚焦點當是奶奶級總統夫人穿黑絲「漁網襪」是否得體。

　　諸多批評者抨擊她的「漁網襪」既「廉價」又令人「難堪」，甚至還說她「老而裝嫩過頭」，「不宜穿這麼大膽的裝束」……批評卻激起吉爾支持者反擊。他們稱讚吉爾勇於嘗試，時尚感爆棚，「第一夫人有穿自己想穿衣服的自由」，「漁網式連褲襪正是今春時尚」。有時尚專家稱，吉爾最近亮相的造型總有些讓人費解，之前黑色大衣內搭寶藍色西裝，內裏卻搭配白色公主款式的連衣裙和過膝靴，也是看起來各種不搭，太想表現時尚，卻有過猛感覺。

　　其實，吉爾在這樣的年齡仍保持這麼好的身材和活

力狀態，當令人欽佩。她 18 歲結婚，24 歲離婚之後與拜登結婚，始終有主見有個性。她婚後一直提升自己，擁有一個學士學位，兩個碩士學位，一個博士學位，專業氣質出眾，素來行事低調，拜登上台後，她仍從事教職，是美國首位丈夫任職副總統期間仍保留自己有薪水工作的第二夫人，後來也成為首位有自己工作的第一夫人。

在美國，圍繞第一夫人著裝的爭議不是新鮮事。2009 年，奧巴馬一家去大峽谷遊玩時，當時的總統夫人米歇爾‧奧巴馬就因穿了一條「超短褲」，而引發美國民眾討論。許多人指責她的穿著不得體，但也有很多人爭辯稱，這種短褲在夏天度假時穿也屬正常。3 年前，梅拉尼婭‧特朗普在前往美國和墨西哥邊境探訪移民兒童途中，身穿一件印有「我真的不在乎，你呢？」字樣的外套，一時引發軒然大波，被外界質疑她對移民兒童骨肉分離問題表示「我不在乎」。

服飾作為肢體和話語之外的第三種語言，可以傳遞很多意思。作為各國第一夫人，穿著不僅顯露自己品味，也在展現自己的禮儀與態度。都說，「衣著是一種政治」，一件衣服能牽引出背後許多社會歷史文化，每個造型都隱含大敘事。俗話說：女為悅己者容。不過，身為第一夫人的穿著可不只是為「悅己者」容，衣著背後的「穿衣哲學」往往會影響大眾對其總統丈夫和政府

心湖的水聲

的理解。

　　其實，香港特首林鄭月娥的穿衣，也始終講究款式、顏色、小飾品以及搭配秘笈。她說過，自己擔當代表特區政府角色，有責任展現「整齊的一面」。那天在立法會，她破例重複穿一周前穿過的草綠色外套，引發多位時評家評析，有稱綠色是黃色加藍色調和之色，在時下香港政圈藍營和黃營，有大和解之意；有稱染了黑髮的 64 歲特首穿草綠「戰衣」，展示迎春希望，極地反擊而捲土重來。

　　對知名人士來說，「今天穿什麼」無論在哪個場合，難免成為眾人關注的焦點。各國名人也經常透過身上的穿著、配飾，呈現某些「不言自明」的表態，娛樂場合如此，政治場域更是如此。它意味着一種不言自明的主張，透過鎂光燈下的身體展演，透過服飾顏色、款式和各式佩飾，連結歷史與文化……穿著本身就能成就一個完整故事。

「她文化」：
女性題材影視劇全面開花

　　被日本媒體指為「失言女王」的杉田水脈，是自民黨眾議員，在一場會議上談性犯罪議題時指「女性很會說謊」，結果引起公憤，集會抗議。曾遭受性暴力傷害的女性哭訴，「我們沒有說謊」、「她是要讓弱者沉默」，要求杉田撤回言論並辭職。53 歲的杉田失言後最初一再否認自己說過這番話，但最終還是承認了，「為給外界只有女性會說謊的印象致歉」。

　　一個女議員犯了大忌，觸怒了女人圈。今天已是女性力量在全世界範圍崛起的年代，女人可不是好惹的。新冠疫情下，影視寒冬比想像中更漫長。不過，影視劇裏早已是女人天下。看看優愛騰芒（優酷、愛奇藝、騰訊視頻、芒果 TV）四大視頻平台，看看五家一線衛視，它們發布的新一年最新劇集和綜藝播出計劃，竟然「她影視」頻現亮點，「她天下」獨佔鰲頭。

　　從《甄嬛傳》到《那年花開月正圓》，從《乘風破浪的姐姐》到《二十不惑》，大女主劇始終在市場中早佔有一席之地，從綜藝到劇集，齊齊爆發的女性題材，匯聚成影視市場高光時刻。暑期熱播的國產劇《三十而

心湖的水聲

已》，講述三名 30+ 女性的婚姻和工作，專輯播放量超過 70 億、總觀看人數 1.77 億，會員收入規模近 3 億元人民幣，全網熱搜超 700 個。2021 年女性題材預備項目更是全面開花，無論是網絡還是衛視，有《陀槍師姐 2021》、《女兒們的戀愛》、《我家那閨女》、《怪你過分美麗》……即使涉獵懸疑、職場、青春等題材的作品，也都融入獨立女性視角。

在 2021 年片單中包括改編自亦舒同名小說，講述兩個女孩一路扶持成長的作品《流金歲月》；翻拍經典漫畫，講述四個女人成長史的《澀女郎》；聚焦女孩自立自強自愛的《了不起的女孩》……都是備受外界關注的女性題材作品。騰訊視頻 V 視界大會上公布的一系列片單顯示，2021 年甚至之後幾年的劇集中，女性題材依然佔據主流：推出《歡樂頌》第三至五季，以及《四十正好》、《喬家的兒女》等劇集。

女性題材從過去古裝劇、年代劇的大女主，到今天的現實題材，顯示出一個階段性變化，「姐姐們」題材影視劇始終是影視圈「香餑餑」。但過去的女性題材作品中，雖然不缺少貼有勵志標籤的大女主形象，但不少劇集裏的女性成長仍依附於男性輔助和金手指，女性獨立而自主形象並不明晰。這些年劇集中，如何避免女性作品同質化，獨立女性臉譜化，以及怎樣才能拍出中國的《致命女人》，正是這類題材大量紮堆後必然面臨的

挑戰。

　　如今，一股濃濃的「她文化」熱潮，正快速在影視領域蔓延。女性崛起的背後是「她文化」的覺醒。「她文化」就是女性文化。女性教育、女性生活、女性價值三方面就是「她文化」的載體。在中國，女大學生在整個大學生的佔比是 52.5%，女性研究生在整個研究生中的佔比是 50.2%，女性力量的覺醒，首先來自教育的成功。作為第 13 屆中國河南國際投資貿易洽談會的「重頭戲」，「她消費·她經濟·她出彩」合作論壇年前舉行，近 20 個國家和地區的 300 名嘉賓相聚鄭州，共話女性消費、共議女性經濟、共創女性出彩。

　　「她生活」很大一部分是由消費構成的，「她消費」屬於女性，且依靠女性，就是這樣的消費、這樣的經濟，才能有更蓬勃的市場、更大的社會活力。來勢澎湃的「雙十一」購物狂歡，主角正是「她」呢。

心湖的水聲

從《三十而已》到「小姐姐經濟」

　　熱播劇《三十而已》收官，這是東方衛視和騰訊視頻聯手推出的電視劇，描述在上海生活的三名白領女子的生活、工作、愛情與家庭故事，是一部展示來自社會不同階層的 30 歲女性的群像劇。該劇的播放量已超 40 億次，電視劇一播出便盤踞微博熱搜榜好幾天，成為網友熱議話題。

　　劇中主角顧佳說「生活的本質就是，千難之後有萬難」。演員童瑤飾演的這位「顧佳」在網上熱度極高：擅長打理家庭瑣事，又能輔助丈夫經營公司，堪稱「完美人設」。正如童瑤所言：無論是 30+ 的「小姐姐」，還是任何年齡的女性，首先不要給自己設限，要勇敢地去擁抱更多可能。

　　30 歲以上的女藝人組團選秀節目《乘風破浪的姐姐》，由芒果 TV 推出，兩個月前播出。這一女團成長綜藝節目召集 30 位 1990 年之前出生的女藝人，透過訓練和考核，最終選出 5 位成員組成女團。節目中 30 位「小姐姐」逆齡奮鬥，對於 30+ 女性，青春從來不缺位，也不讓位，而是自信歸位。另有一檔聚焦女性年齡主題的紀實訪談節目《女人 30+》，由新世相、騰訊

視頻、火鍋視頻聯合出品，邀請 30 歲上下的有影響力的名人「小姐姐」，紀錄她的一天，探尋她面對的人生大問題、大境界和小幸福。前 10 期節目累積網播量就達 1.8 億人次。

30 歲上下的「小姐姐」，自帶撒嬌天賦的網絡流行詞，此詞早期含義是粉絲對萌系女生的稱呼。對於宅男而言，只要是差不多年齡的都被稱作「小姐姐」。在網絡上最早普遍使用是來源於日本二次元偶像企劃而走向大眾視野。「小姐姐」的共性是個性鮮明、自信、大膽。30 歲是個話題。在這個時代，成熟女性有着許多焦慮、困惑，同時對於衰老、愛情、婚姻、自我，女性也有更多的價值判斷與選擇。「小姐姐」市場也由此撲面而來。30 歲上下高學歷城市女性的「小姐姐經濟」，意外成為社會新消費投資主題。

消費行業流行說「得女性者得天下」。「她經濟」是國家教育部公布的 171 個漢語新詞之一。「她經濟」圍繞着女性理財、消費的經濟圈開始生成。大資料顯示，2020 年中國「她經濟」市場規模預計將達 4.8 萬億元人民幣。「她經濟」時代，女性的自我經營意識增強。

據 Mob 研究院報告顯示，目前女性消費主要集中在三個年齡段：中年女性、職場輕熟女性和校園女性。其中佔比較大的是「85 後」和「95 後」女性，正是 30

心湖的水聲

歲上下的「小姐姐」，追求健康、高顏值和「有趣的靈魂」。新近發布的《新興市場姐姐圖鑑》、《新時代語境下女性消費與職業洞察》報告等都顯示，女性在消費觀念上，「悅己型」消費崛起，呈現顏值與體驗並存的趨勢；消費模式上，電商付費會員制開啟「特權消費」時代，女性表現出更強的付費意願；行為趨勢上，線上服務類消費需求增加。

另有報告顯示，35 萬女性消費者一年至少要購買12 隻包包，一年內購買 5 支以上口紅數量的女性用戶已超 300 萬人。總體而言，「小姐姐們」不斷成長的可支配收入和對「美好生活」的渴望，對化妝品、免稅商品（包括奢侈品）、醫療（美容）、手遊和互聯網內容影響重大。

「三十而已」的女性，可不必靠取悅男性獲得回報。於是，女性取悅自我的「小姐姐經濟」應運而生。女性群體擁有更強的經濟實力，更崇尚「工作是為了更好地享受生活」，成為內需消費的重要群體。

從「清華男」徵婚看「斜槓青年」

在社交平台，「清華男」張姓男子發布一則徵婚帖子引爆網絡，遭遇陣陣臭罵。來自山西的他，自稱月入5萬元人民幣，是個「斜槓青年」，本職工作是大學老師。他網上徵婚，卻因外貌「缺乏自我管理」而被網友質疑「精神貧瘠」、「過於自信」，是「普信男」（網絡語言，長相普通卻格外自信的男人）代表。

張姓男子在北京清華大學畢業後，放棄谷歌高薪，回山西一所學校任教，除正職外，還透過教競賽、寫程式等兼職，月入高達5萬元人民幣。一年前他曾在社交平台徵婚，當時每月收入僅3,000元，自稱會有很多時間陪女朋友，結果被眾人嘲諷沒錢「不配找女友」。如今第二次發帖徵婚，他的本職工作還是月薪數千元的教書，但每月兼職收入高達數萬元，卻又有人說他形象邋遢，要他先做好身材「管理」再來找對象，嘲諷他過於自信。因涉及「小鎮青年」、「從大城市回到家鄉」等標籤，張姓男子這則徵婚帖子原本就頗具話題性，但一些言論卻將怒火引向男性和女性兩個性別對立的「堡壘」。

筆者感興趣的卻是男女話題之外的「斜槓青年」。

山湖的水聲

話說「斜槓青年」這詞，來源於英文 Slash，出自《紐約時報》專欄作家麥瑞克‧阿爾伯撰寫的書籍《雙重職業》，指的是不再滿足「專一職業」的生活方式，而選擇擁有多重職業和身分的多元生活的人群。

記得，兩年前電視劇《戀愛先生》熱播。劇中主角正職是牙醫，也是一名戀愛顧問。對於自己的雙重職業，劇中主角用了一個英文單詞 Slash 來自稱，當時很多觀眾查英文詞典都一頭霧水，後來約定成俗而統一答案：稱為「斜槓」，以 Slash 特殊指代，稱作「斜槓青年」。這群人往往都擁有多重職業和身分，在名片或簡歷上關於他們的職業訊息，總是會用斜槓（／）分隔開，電視劇《戀愛先生》中的男主角就是。

有人說，「斜槓青年」是社會發展到一定階段的產物。當下中國，「斜槓青年」意味着「自己有能力賺多份錢的人」，是一種成功的象徵，因此這一概念自誕生之初就頗受青年追捧。隨着社會的不斷進步，人類已跨入知識和創造力時代，而人才正在成為生產要素中最為重要的部分。一個人才和內容為王的時代正在來臨，「斜槓青年」的多元化發展模式能讓一個人在這樣的社會中更具競爭力。

一組網絡調查顯示：受訪的 18 至 25 歲青年群體中，有高達 82.6% 的人表示想做「斜槓青年」。不過，想成為「斜槓青年」，自然付出也要比別人更多，「斜槓

青年」必備特質：善於折騰、發現，有執行力，致力終身學習。或許你主業幹得特別好，仍有餘力開闢第二職業；或許你主業原本幹得就不夠好，缺乏核心競爭力，於是做「斜槓青年」，以增加競爭力。「斜槓青年」的副業一般是自己喜歡做的事，賺錢和夢想實現往往能結合。其實如今人們外出找兼職的時間不多，正職都經常加班，所以網絡兼職成首選，如視頻配音、遊戲陪玩、平台問答、自媒體、文章翻譯等。當下，手機使用便利，現代生活時間趨於碎片化，懸賞任務類型的手機 APP 孕育而生，神指幾分鐘便能完成一個任務，賺取佣金，半小時有十元、二十元收益，一個月就幾千數萬元人民幣。

人，每多一道「斜槓」，也就意味他們在本業工作外，會花更多時間精力，尋找自己的副業，在不損正業的前提下，去經營「斜槓人生」。

她力量：
鳥美在羽毛，人美在心靈

　　我們這一代年輕時，對漂亮女孩的要求是：眼睛大大的，鼻子挺挺的，體態好而不彎腰駝背。如今的美女的標準是：瓜子臉、A4腰、冷白皮、筷子腿、表情管理到位……新鮮詞彙層出不窮。社會上更聲稱「今天是看臉的時代」，「女人貶值是從容貌開始的」，「相貌佳是搵工『敲門磚』」，「顏值即正義」，「漂亮者才有青春，不漂亮者只有大學」……在這個時代，一個人長相好不好看，似乎太重要了。

　　按所謂「世界美女之父」吳多威制定的美女標準有33個條件，符合全部條件的才是美女，除了身高、體重、胸部的講究外，還有眼睛、鼻子、嘴巴的寬度的要求，就說耳朵和臉的角度，要在170度到175度之間，下巴兩邊的角度，要在100度到115度之間……最近，網絡上一個話題「這個世界對胖女孩的惡意有多大」登上熱搜，網議背後，是體態略顯豐滿的女孩迎來人生第一個「世界的惡意」，從現實生活中感受到滿滿的傷害，大部分人對她們都顯得鄙視和嫌棄。

　　為改變處境，張揚「變美是每個女生的特權」，女

孩們紛紛減肥、整容，從節食到藥物，再到手術。有媒體調查顯示，中國近六成大學生新添「容貌和身材焦慮」。本應處在「顏值巔峰」的大學生卻為容貌而焦慮，因而產生「社交恐懼」，如何做到「二十不惑」成為困擾青年人的一大問題。「太傷人了，都怪現在娛樂圈裏這些流量『小鮮肉』，一個個比女生還漂亮，生生把我們顏值門檻都拔高了」。

俗話說鳥美在羽毛，人美在心靈。有一些女孩，雖然長得不是很「漂亮」，但人格獨立的她，所具有的氣質將她襯托得也很「漂亮」，展示的正是巾幗「她力量」。美女是漂亮的，但漂亮的不一定就是美女。返璞歸真，讓天然成為審美導向。

這幾天深感「她力量」的，是看了參加上海時裝周的鄧亞萍的視頻。最近「鄧亞萍」三個字頻上熱搜。聽當年這位「乒乓女王」講述第一次出國留學，第一次教兒子打球，第一次做網絡直播，第一次去大山裏向女性手工藝勞動者求教……如今她正發揮號召力，引領女性公益力量。她提議思考：女性在生活中該扮演怎樣的角色？

勇敢破圈，是鄧亞萍對女運動員的建議。「當運動員時，我們處於相對封閉和簡單的環境中，對社會了解不多。退役後，如果能參加各種跨界活動，也是在豐富自己的人生，豐富自己的事業。」時髦的詞語和定義，

心湖的水聲

頻頻從鄧亞萍嘴裏說出來，所謂破圈，就是跳出體育圈去做些別的事情。

　　從未踏入過時尚圈的鄧亞萍，首次來到上海時裝週，支持「天才媽媽 × 東鄉繡娘」公益時裝秀，以行動助力非遺手工藝的傳承與創新，展示脫貧攻堅接續鄉村振興路上「天才媽媽」的風采。此番參加上海時裝週，鄧亞萍選擇了一件粉色真絲上衣，與模特們合影時，顯得嬌小玲瓏、女人味十足。眼前的她，能想像當年被前國際奧委會主席薩馬蘭奇比喻成拼勁十足的「小老虎」嗎？

　　褪去「乒乓女王」光環，鄧亞萍首要標籤就是一名女性，她扮演的角色更多了，媽媽、企業家、節目主播、公益活動宣傳大使⋯⋯但在她看來，無論駕馭哪個角色，都和運動員時期一樣，在不同舞台上展現女性獨立，總有一番別樣的美麗。她也沒有什麼「瓜子臉」、「筷子腿」，但讓女性的魅力在各個舞台綻放，這是鄧亞萍的心聲。

B

心湖的水聲

新潮：
「90 後」立遺囑敢於正視死亡

　　草木孕育的季節，最宜懷念故人。世上有許多承載過去思想和情感的介質，遺囑無疑是其中佔有相當的分量。

　　我腦海中尚留有印象的名人遺囑，弘一法師是其中一個。臨終他寫下「悲欣交集」四字。他致夏丏尊的遺書：「丏尊居士文席：朽人已於□月□日遷化，曾賦二偈，附錄於後。君子之交，其淡如水。執象而求，咫尺千里。問余何適，廓爾忘言。華枝春滿，天心月圓。謹達不宣。音啟。」遺書的月日都空着。他圓寂後，由侍疾僧補填。

　　還記得中國左翼電影運動開拓者夏衍的「遺囑」。這位中國文壇大家，生前在北京多次接受我採訪。1995 年，95 歲夏衍因感冒引發肺炎，發燒五天不退。趁着精神還好，他要求立遺囑，內容是：不搞土葬、不留骨灰，不舉行遺體告別。他家人還說過他的幾段「遺囑」：「我活得夠長了，該回杭州老家了，骨灰就灑錢塘江」；彌留之際，晚上病情惡化，身邊人對他說：「我去叫大夫。」聽聞此語，夏衍突然睜開眼睛，艱難地說：

心湖的水聲

「不是叫，是請。」隨後昏迷過去，再未醒來。

留下遺囑，以什麼方式告別世界，通常體現人的品性。「遺囑」是指遺囑人生前在法律允許範圍內，按法律規定，對其遺產或其他事務所作的個人處置，並於遺囑人死亡時發生效力的法律行為。依據《繼承法》規定，公民可依照該法規定立遺囑處置個人財產，並可指定遺囑執行人。遺囑的法定形式有公證遺囑、自書遺囑、代書遺囑、錄音遺囑和口頭遺囑五種。

常人總以為立遺囑是老年人專屬行為。不過，根據《民法典》最新規定，「立遺囑」不分男女不分老少。據《繼承法》規定，凡是完全行為能力人都可立遺囑，立遺囑並非老年人「專利」。遺囑內容是否具法律效力，取決於遺囑形式是否合法，遺囑內容是否侵犯他人合法權益，是否違反公序良俗。

日前，中華遺囑庫正式向社會發布《2020中華遺囑庫白皮書》。數據顯示立遺囑人的年齡呈下降趨勢，從2013年的77.43歲下降到了2018年的71.26歲。目前立遺囑趨向年輕化，「微信遺囑」也頗受年輕人歡迎。從2017年到2020年，「80後」訂立遺囑總人數在4年間翻了7倍，截至2020年底，已有553個「90後」在中華遺囑庫立下遺囑，年齡最小的18歲，「90後」人群立遺囑增長成為一種趨勢。2020年，「00後」也開始立遺囑。受疫情影響，市民無法出門辦理遺囑，於

是選擇透過網上寫下「微信遺囑」，對家人囑託和祝福等情感內容，這並非法律意義上的遺囑。中華遺囑庫開放該功能，目的在於讓人們能以溫馨方式傳遞情感。數據顯示，使用微信遺囑的主體是不到 30 歲青年人。

崔文姬是中華遺囑庫北京第二登記中心的法律專員，她在自己 25 歲生日當天立下遺囑。一則 25 歲姑娘生日當天立遺囑的消息登上微博熱搜。諸多網友對青年立遺囑不理解，認為「不吉利」。但在崔文姬看來，立遺囑是平常事，「因為你不知道意外什麼時候會來，一旦發生，不留遺憾」。

現代年輕人對於生死的理解更為開放，立遺囑體現的是當代青年思想的超前，是一種社會進步。年青人立遺囑，是珍惜當下、規劃未來的一種表達載體，體現敢於正視死亡的勇氣。隨着經濟收入增加，當事人可重新立遺囑以變更或撤銷之前的遺囑。不妨對青年人這一看似新潮的行為抱以寬容態度，這也契合社會多元化發展的時代現狀。

心湖的水聲

生命晚年：多少歲才是老年

　　那天讀報，是一則廣告。香港公益金在報章中刊出善長甘老先生的故事，講述他的「香港人香港情」。他捐出其遺產逾5成，約4.6億港元予公益金。該筆款項是公益金成立51年來最大筆個人捐款。雖然家財萬貫，他卻一輩子享受簡單生活，晚年最大享受只是走上家的天台，躺在帆布椅上曬太陽。廣告沒有他的照片，只有他的一幅素描側面人頭像。

　　廣告上沒說他幾歲。一起讀報的兩個朋友，只是從那幅肖像畫上猜度，有說他80歲，有說他60歲，但都稱他「老人」。後來上網搜索，才知道他叫甘錫洪，1959年26歲，掐指一算，他2018年去世時85歲。甘老先生的大愛惠澤社群。這是讀報朋友的共識，不過，卻又引發應該幾歲才算是「老人」的話題。

　　美國新冠疫情數字仍居高不下，也牽動了「老年」議題。美國媒體不時有報道專家警告，「60歲以上老年人是『高傳染風險』族群」云云，這令不少在這個年齡層前後的美國人疑惑：據世界衛生組織對所謂「高齡化」的認定，明明是以65歲作為標準，為什麼媒體要說60歲以上的老年人如何如何？

疫情期間，美國有不少超市為「60 歲以上」的「老年」人，開闢專用「銀髮族購物時間」，讓他們在專用時段購物，降低感染風險。這卻讓 62 歲的普立茲獎得主艾利森頗感不解。她說，不是 65 歲以上才算是老年嗎，為什麼提早了 5 年？她本來還悠哉遊哉地以「非老人」身分過日子，沒想到疫情一來，發現 62 歲的自己被判為「老人」了。美國 2,000 多萬 60 到 65 歲的人意外發現，自己提早被劃歸「老年」。

記得 3 年前，鑑於香港人均壽命延長及把退休年齡延至 65 歲的趨勢，政府欲將領取長者綜援的合資格年齡，由 60 歲上調至 65 歲，申請年限提高後，很多人便會失去資格，旋即引發社會不滿。有趣的是，人們通常都怕被認為「老」，要求社會把老年的認定標準提高，不過，論及與「老人福利」議題時，則又巴不得政府降低老年人年齡標準，人們此時卻不怕被認為是老人了。那到底幾歲才算老年人？

不同文化圈對於老年人有着不同的定義，生命周期是漸變過程，壯年到老年的分界線確實模糊。中國 60 歲及以上人口已達 2.5 億人。老年人，按國際通常說法也有多種，有說「老齡化社會」是 60 歲以上人口超過一成；也有說步入 66 歲便應視為老年人……在中國，普遍指 60 周歲以上為老年人，在中國古代卻曾將 50 歲作為老年開始。

心湖的水聲

對老人，有自稱和他稱，老父、老宿、老驥、老蒼、老身、老拙、老朽、皓首、眉壽、耄壽、暮齒、遐齡。對老人的稱謂，也千奇百怪，「老人家」、「老先生」、「老古董」、「老滑頭」、「老泥鰍」、「老傢伙」……有說半百老人，50 歲；花甲老人，60 歲；從心之年，70 歲；朝杖之年，80 歲；88 歲，稱米壽；99 歲，稱白壽；100 歲，稱期頤……中國古代對老年人的稱謂多且有趣。老年是一種文化。

讀報，感受甘老先生的「香港情」。讀報，《一座愛與美的紀念碑》，說的是香港好友周蜜蜜的媽媽黃慶雲。甘老先生留下的是金錢，黃慶雲留下的是文字。她享年 98 歲，為兒童們寫作持續 80 年，直到 2018 年仙逝的前一年，她仍在為香港少兒寫作，她的一生是「為孩子們的一生」。今年是她冥誕百年，老人書寫兒童文學，宛若純淨天使、仁慈聖母，和甘老先生一樣，都是值得後人回味的老人歲月文化。

不「智能」的長者
遭遇種種「痛點」

　　正在閱讀中國江蘇作家修白的長篇紀實文學《天年》，作品開啟了一道黑暗閘門，讓讀者清晰看到人年老後的真實狀況，有可能生活在一種怎樣的境況裏。還沒讀完，無意中從網絡上看到這兩天熱炒的兩個視頻。

　　視頻一：淫雨霏霏，湖北省宜昌市一位長者獨自冒雨前往政府機構交社會保險費，工作人員卻拒收現金，稱可以自己在手機上支付，或請親戚代為在手機支付，這讓不懂智能支付的老年人很無助。當下是「無現金」社會，在技術高速發展的時代，不與時俱進，就會被淘汰，不會「滴滴打車」的便不方便叫到車，不會手機支付的欲在街市菜場購物都有障礙。

　　視頻二：湖北省廣水市一名行動不便的 94 歲老人，為了啟動自己的社保卡，被家人抬到銀行，一番折騰，氣喘吁吁，再由銀行員工抱起作人臉識別，好不容易才啟動了自己的社保卡運作。老人膝蓋彎曲，動作僵硬，滿臉愁容，十分吃力，實在讓人慘不忍睹。

　　被智能拒絕，遭社會冷待。這兩位老人的困境，反映了中國內地當下老人群的無助之苦。兩段視頻，在網

心湖的水聲

絡上引發熱議，令全社會關注老年人運用智能技術困難的現象。疫情以來，掃碼才能通行，但對於不會使用智能手機、無法掃碼的老年人而言，「健康碼」卻成了日常生活的「攔路虎」。網上掛號、網上就醫、自助繳費、網上購物、移動支付，「障礙」重重……快速發展的資訊技術，讓更多人享受便利的同時，卻在不善於「智能」的老年人面前，劃出一道道無形「鴻溝」。他們面臨的「數字（數碼，數位）鴻溝」問題亟待解決。

老人要學會上網、掃碼、刷臉，才有望充分享受數字時代的服務樂趣。但有多少老人能如此順心呢？有統計顯示，到 2019 年末，中國 60 歲及以上老年人口達 2.54 億，佔總人口的 18.1%。截至 2020 年 6 月，中國內地網民規模達 9.4 億，其中 60 歲以上的網民僅佔 10.3%。這就意味着在 5G 時代，「智能」老人不算多，不少老人過的是「無 G」生活，因「不能智能」而處於情感劣勢中，令沒有「觸網」的老年人感到相當無助。

針對老年人運用智能技術遇到的種種「痛點」、「難點」，國務院辦公廳日前公布《關於切實解決老年人運用智能技術困難實施方案的通知》，這一方案彰顯的是善意和人性化意旨。根據《方案》，交通出行，打車保持揚招服務，電召要提高電話接線率，增設「一鍵叫車」功能；日常就醫，醫療機構暢通家人、親友等代老年人預約掛號的管道，提供一定比例的現場號源，保

留掛號、繳費等人工服務窗口；日常消費中，任何單位和個人不得拒收現金、要有銀行卡支付服務⋯⋯

早在 26 年前就讀了作家畢淑敏的小說《預約死亡》，當時養老、臨終關懷、老齡化等還不算是社會化問題，今天，這個涉及社會學、倫理學、生命哲學的問題成了當下社會民眾關注焦點。今日修白的《天年》提供了一份文學樣本。「養老」問題的背後是更深層次的社會學話題。

記得 6 年前一部關於老年人養老題材的電視劇《老有所依》熱播，收視率一路飆紅。故事圍繞三個家庭六個老人的晚年生活而展開，面對養老困局所引發的話題。劇中展現了老人們的生活百態，遇到的各種養老問題。一個個真實又殘忍的故事擺在觀眾面前時，又好像一面鏡子，讓他們在其中窺見自己，也窺見對未來養老的無奈。

心湖的水聲

網絡熱詞：「秋天的第一杯奶茶」

　　一早起牀，發現網絡和朋友圈刷了屏，滿屏是「我要秋天的第一杯奶茶」。一頭霧水，什麼奶茶？為啥是秋天的第一杯奶茶？這到底是什麼梗？上班問身邊被小同事稱為「小姐姐」的女孩，她一臉不懷好意的笑，說：「老師，你怕血糖高，就別喝奶茶了。」事後，我才明白她想說的是，你老了，那是咱年青人的事。

　　2020 年 9 月，網上流行「秋天的第一杯奶茶」，突然上了微博熱搜，刷爆社交網絡，莫名其妙火了。在這個不明所以的「奶茶梗」中，奶茶店主也一臉蒙圈，他們也不知道為什麼一夜之間，前來買奶茶的人就排成了長隊。「秋天的第一杯奶茶」成了網絡熱詞，定義為借秋天季節到來，要第一杯奶茶和紅包秀恩愛或秀情感。年青人的情感依附不局限於線下的送花和看電影，開始線上化和飲食化，形成新經濟型態。有人說：「今年的秋天比以往來的早了一些，在這冷秋，有一杯熱乎乎的奶茶心裏特別溫暖。在意你的人，看到你發的消息，或主動發你 52 元、52.0 元、520 元（諧音「我愛你」）的奶茶錢，讓你能喝到秋天第一杯奶茶。」

　　涼秋喝一杯溫馨奶茶，確實愜意而暢快。在網絡

上，情侶之間發「秋天的第一杯奶茶」的紅包，數字520，應季玩一些梗，讓眾人要紅包更舒心，也更有意思，增添對親人牽掛，增加小情侶情趣。在天氣漸涼的第一時間，在意你而深愛你的人，為你帶來奶茶而溫暖你的心。只有無時無刻都在惦念你的人，才會第一時間為你送上「秋天的第一杯奶茶」。

「秋天的第一杯奶茶」，不論是原味，還是甜味，只是借秋天的奶茶，變相秀恩愛。奶茶，只是個由頭；愛，才是真顯露。年青人以此發送給自己在意的人，既有調侃成分，也由此誕生頗多關於「秋天的第一杯奶茶」相關的表情包。「秋後的第一杯奶茶」是疫情壓抑下的消費能力的爆發，也是年輕人對愛情的彼此鼓勵下戰勝疫情的一種樂觀態度。不過，這種「網絡梗」往往來得快也去得快。如果你的戀人、閨蜜不那麼敏感，沒有及時發買奶茶的紅包，也不必在意。網絡遊戲，認真不得。

奶茶文化起源於台灣，線下實體網店形成的奶茶市場消費，張揚奶茶文化，「喜茶」、「奈雪的茶」、「冰城蜜雪」等連鎖奶茶融入新消費商業環境中，給消費帶來前提預期。奶茶經濟體現年輕人線上消費習慣。秋後的第一杯奶茶，呈現消費主體習慣的線上化。商業行為伴隨着消費習慣的改變，是生產生活變革的必然產物。

秋日裏的第一杯奶茶，溫暖了很多人。當然，也有

心湖的水聲

人翻車了。據媒體報道，60 歲杭州高校張老師愛趕時髦，下午跟風買了一杯冰奶茶，拍下照片發到微信朋友圈，配文案：「秋日的第一杯奶茶，溫暖了我」。厚厚的奶蓋特別誘人。一杯下肚，到了晚上，她開始不舒服，喉嚨發堵，還咳出血。翌日一早，她就前往杭州市中醫院掛了專家門診。主任醫生診斷她為咽喉反流。醫生指出，「奶茶是容易引起反流的飲料，咖啡因含量過高，是茶水八倍，且有不少添加劑，高糖和奶融合，加速胃酸反流」。

一杯奶茶含糖量等同 14 塊方糖。喝下去的不是秋天的愛意，而是秋天的肥膘。無糖、少糖其實都是給自己的心理安慰。青年和老年有不同的消費行為學。你確定「秋天第一杯奶茶」，喝下去的是秋天的愛意？奶茶雖好喝，千萬別貪杯。

文學味道：
「作家餐桌」和「作家零食」

　　餐桌，在生活中一直佔據着重要位置。當 7 位性格迥異的作家，遇見 7 張獨具特色的餐桌，會擦出怎樣的火花？剛剛結束的上海書展，有一項「作家餐桌計劃」。7 條閱讀美食線路勾連起餐廳、書店和城市的街區，7 本美食書單讓讀者按圖索驥，7 場作家餐桌談話節目，在澎湃新聞、看看新聞、愛奇藝、B 站、喜馬拉雅、小紅書、抖音、拼多多等平台上線播出，端出一道道文學與城市故事的思想「盛宴」，讓讀者體驗文學和美食的雙重質感。

　　這 7 位作家是孫甘露、徐則臣、祝勇、毛尖、馬伯庸、陳楸帆、那多，他們走進國際飯店、綠波廊、錦江飯店、荷風細雨、福和慧、蘇浙總會、孔雀廳等滬上 7 家品質特色餐廳，分別與 10 多位跨界學者暢聊文學與美食，談城市與生活，讓市民打通文字與味蕾，在美食中咀嚼文化內涵，在文學中體驗生活滋味。

　　作家，也許是看世界看人生角度最為別致的人群。科幻作家陳楸帆說，「一提起文學，大家首先想到的是文字、是書本，是字裏行間、縱橫千年的精神漫遊與思

心湖的水聲

想碰撞。大家往往忽略文學另一重屬性，它同樣可以是感官的、日常的，具有觸發大腦『通感』的神力，能讓人嗅聞情感，聆聽顏色、品嘗記憶」。古今中外，作家與餐廳之間，流傳着許多故事。海明威與哈瓦那的小佛羅里達酒吧，也叫「五分錢酒館」，是讀者朝聖地；J. K. 羅琳寫作《哈利・波特》的愛丁堡大象咖啡館，是全球哈利・波特迷不會錯過的打卡地。

民以食為天，不過「吃飯習慣」卻隨時代而不同；秦漢時期一天吃兩餐，隋唐時期才一日三餐。現代社會衍生了以休閒零食為主的「第四餐」。休閒零食是人們在主食之外，在閒暇、休息時吃的食品，指代的是一類正餐以外、充饑性需求較弱、強調消費場景、滿足多維度需求，包括健康化、融入更多情緒價值、可散售的即食類食品。休閒零食可分為穀物類休閒食品（烘焙、膨化類、油炸類）、糖果巧克力、堅果炒貨、休閒豆製品、休閒素食蔬菜果、肉乾肉脯、果脯蜜餞、西式甜點等。

在中國內地，零食市場已成剛需，年銷售額可達 3 萬億元人民幣，加上網購平台的便利性，造就特殊的「宅經濟」。據互聯網數據公司「Mob 研究院」、食品夥伴網研究中心各自發布的研究報告顯示，2013 至 2019 年中國休閒零食市場每年平均有 6.7% 的增長率，2020 年休閒零食銷售額接近 3 萬億元人民幣，在 2025 年將突破 4 萬億元。報告指出，隨疫情形勢趨緩，零食

消費需求回暖，物流及相關企業復工，線上零食銷售呈現大幅反彈。

在中國文壇，給人印象素來嚴肅而「正經」的魯迅，居然是一個瘋狂的零食愛好者，無時無刻都在吃着它，簡直愛不釋手。在家鄉從小最愛吃茴香豆，長大後更愛吃甜食。文首提到的 7 位作家「餐桌計劃」，也都是「第四餐」零食愛好者。其中的馬伯庸，7 月香港書展原擬邀請他來講座。這位暢銷歷史小說作家的作品無不奇思妙想，亦莊亦諧，莊而不致嚴肅，諧而不致油滑。他就是一名零食愛好者，最愛的零食是「臥龍鍋巴」。這鍋巴入口麻辣鹹香，滋味豐富濃郁，入口竄香，香脆可口，據說它的製作工藝也讓人讚不絕口。那次，馬伯庸在武漢簽售《古董局中局》，就有粉絲讀者送他的最愛「臥龍鍋巴」。可以想像，那天晚上他在酒店房間裏肯定樂不可支⋯⋯

心湖的水聲

尋找「原風景」：
故鄉是自己的一個投影

　　台灣桃園補教老師何志明，創作了一篇散文《父親我回家了》。他父親是來自廣東的老兵，在政府開放兩岸探親時過世，一輩子不曾回到家鄉。20 年後，父親童年好友的後代來台相認，何志明才知道當年父親從軍的經過，一場戰亂讓兩個童年好友天人永隔。後來，何志明有機會代替父親回到廣東故鄉，見到其他的親戚，聽着廣東鄉音，感受無法割捨的血脈連結。這篇散文講述了這一真實故事，前不久獲台灣金沙散文獎首獎。

　　臨近中秋，濃濃的「回家」「團圓」味。不過，當下海峽兩岸隨時會擦槍走火。但這篇散文描述的離鄉和返鄉、出走和回望，顯示故鄉不僅是地理的風景和生活的實體，更是人們生命的根底，飽含着面向未來的精神力量。讀完這則故事，就想起日本陶笛大師宗次郎名曲《故鄉的原風景》，令人感受孤寂，體驗滄桑，追念遠離塵囂的環境中，那種充滿禪意的生活方式。

　　前一陣從網絡上觀賞系列紀錄片《文學的故鄉》。賈平凹的商州鄉村、阿來的嘉絨藏區、遲子建的漠河北極村、畢飛宇的蘇北水鄉、劉震雲的中原延津、莫言的

高密東北鄉，6 位中國作家回自己「生活故鄉」尋找生命「原風景」。跟蹤記錄作家重返故鄉的過程，觀眾透過紀錄片的「文學故鄉」，尋找屬於自己的「精神故鄉」。阿來說，「故鄉是自己的一個投影，寫故鄉就是寫自己」。遲子建說，漠河北極村「那裏的炊煙也是一種無聲的語言，那裏的每一粒雪，對我來說都是有感情的」……

記得 10 多年前，香港三聯書店出版過系列書，《也斯的香港》、《老舍的北京》、《馮驥才的天津》、《王安憶的上海》、《魯迅的紹興》、《沈從文的湘西》、《郁達夫的杭州》等。每個作家身後，都有一個故鄉的背影，香港之於也斯，上海之於張愛玲，都有獨特意義。孫犁筆下的白洋淀，陳忠實筆下的白鹿原、閻連科筆下的耙耬山……讀者總能看到作家濃厚而複雜的故鄉情結，故鄉是作家出發的原點，故鄉的山川景物、風俗習慣、文化淵源，直接或間接地反映在作家的作品之中，常年漂泊在外、遠離故鄉，作家對故鄉的複雜情感，顯示了中國人的文化根性。

故鄉是什麼？是姐姐手中玩玩的鐮刀，是母親的嘮叨和炊煙，是父親的嚴厲和莊稼，是披着塵土的老屋，是鄰童藏匿的麥秸垛，是牆角臥而突起的黃狗吠聲，是臨行前縫滿行囊的叮囑。故鄉，永遠是胸口捂緊的 37 度體溫，是舌尖尖上一句滾燙的姓氏和母語，是體內一

心湖的水聲

湧奔突燃燒的血液⋯⋯鄉愁，是這個急劇變化、不斷遷徙的時代中一種普遍情感。

颱風了，下雨了，就想回家，家裏暖和。過年了，過節了，就想回家，家裏有紅紅火火的燈籠，團團圓圓的日子。人們都說，揹上行囊，就是過客。放下包袱，就找到了故鄉。其實每個人都明白，人生沒有絕對的安穩，既然我們都是過客，就該攜一顆從容淡泊的心，走過山重水複的流年，笑看風塵起落的人間。

其實，人在哪，「故鄉」就在那兒。出山，入世，此心安處是吾家。心在，世界就在。安其居，樂其業。正如畢飛宇在紀錄片《文學的故鄉》裏所說，「我有過故鄉，只不過命運把它切開了，分別丟在了不同的地方，命運讓我這樣，我就這樣了。只要我在那片土地上書寫過，我就有理由把它看作是我的故鄉」。

致敬秋收大地：
在池上遇見慢經濟

　　秋天是收割的季節。台灣台東縣池上鄉，有「米故鄉」之稱。萬安社區天堂路稻田區，175 公頃金黃色稻穗，結實飽滿，風一吹來，那金黃色的稻浪，左右搖擺，像極了柔軟的地毯，讓人忍不住想要躺上去。千畝稻田和摩天嶺作舞台背景，在稻田的微風吹拂下，金曲歌后、最佳作曲人艾怡良開場，她興奮地說：「我從來沒有在這麼綠意盎然的場地唱過歌，覺得很幸福。」現場被《一整夜》、《帶我去一個陽光普照的島嶼》兩曲炒熱，艾怡良再以獨特嗓音輕輕吟唱《我們的總和》等，將觀眾帶入屬於她和土地的小小世界。

　　接着，二度站上秋收舞台的 A-Lin 笑說：「能再次站上這個舞台，很感恩、很感動，一路來的路上看到稻田依然在、山依然在，大家依然很熱情。」她唱着《大大的擁抱》與現場觀眾打招呼，再一連演唱《有一種悲傷》、《雨後彩虹》等，還將阿美族古調《日出東方》獻給池上的山和地。最後一組歌手茄子蛋一上場立即搖滾整座舞台，由於疫情減少演出，茄子蛋沒想到有機會能在這個天然開放的舞台表演，吉他手阿德大喊：「依

心湖的水聲

山傍田，超讚！」演出的曲目包含《聞道有先後，術業有專攻》等，最後以兩曲傳唱度極高的《浪流連》和《浪子回頭》，與觀眾一同將秋收現場變成戶外大型卡拉 OK。

這是 10 月 25 日的演出。由台東縣池上鄉文化藝術協會、台灣好基金會與台灣行政院農業委員會水土保持局共同主辦的「2020 池上秋收稻穗藝術節」，24、25 日連續兩天在池上鄉開演。

台灣好基金會是 2009 年創立後就開始在池上駐點的，董事長柯文昌常常來池上，他說，「不知不覺池上變成我生活中重要的一個環節，任何時候工作太忙、壓力太大，就到池上住幾天，美麗的稻田、遠山，還有變化無窮的雲瀑，所有的人都那麼簡單、快樂、溫暖，如此的療癒。」他說，池上的美不只是景觀，鄉親們堅持與大自然公生共好的信念，才是池上最可貴之處。上世紀 80 年代，池上人自覺啟動有機農業的轉型；90 年代，池上人守住 175 公頃的「無電線桿稻田美景」；千禧年後，池上人捍衛大坡池，阻止開發，用行動復育滋養池上水田的生命泉源。柯文昌說，過去 12 年，「台灣好」與鄉親們攜手。從「池上四季」開始，以藝術入鄉，「台灣好」選擇以藝術入手，是因為池上的醇厚人文。池上有非常多的藝文社團，書法班、讀書會、繪畫班等，池上農夫「白天拿鋤頭，晚上拿毛筆」的恬靜畫

面讓人心動。

讓池上的「農村生活」轉化為「農村文化生活」，台灣好基金會執行長李應平這些年一直在不懈推動。她說，地方創生的主角永遠是地方，「台灣人常常忽略專業與細節的重要，尤其是在文化跟藝術表演上，但池上鄉民往往以最高標準要求自己，一起創造了完美的呈現。」李應平說，鄉親因為認同而願意全力參與，大夥兒透過活動凝聚了共識，累積起專業。

在今屆池上秋收稻穗藝術節前夕，台灣天下雜誌出版活躍於網絡社群的游苔撰寫的《慢經濟──遇見池上・心風景》一書，記錄池上近 20 年的轉變，提煉池上創生的關鍵元素。這個迷失與速度的世界，存在另一種好好生活的可能，認真活出在地的真實滋味，就是全世界嚮往的風景。談「慢經濟」，不能不了解「慢食」、「慢城運動」、「慢活」、「慢文化」。

游苔說，台灣自 2010 年後，開始掀起尋找慢城的風潮。2016 年，意大利國際慢城組織頒發給台灣花蓮縣鳳林鎮、嘉義縣大林鎮、苗栗縣南莊鄉與三義鄉 4 個城鎮「慢城」認證。另一個不可錯過，把「慢」與「產業」結合的經典案例，就是池上。雖然因為道路寬度認定的原因，池上沒有提出申請，但池上發展出的品牌經濟價值，絕對不亞於獲得認證的 4 個鄉鎮。池上以農立鄉，擁有堅實的產業基礎，池上鄉稻米年產量僅佔全台

心湖的水聲

灣 1%，但稻穀價格全台最高，推動稻米認證 15 年來，池上農會的存款總額增加一倍。池上是全台東遊客人數第二高的鄉鎮，每年有 85 萬名遊客到訪。人文薈萃的小鎮風情，令諸多文學藝術家鍾愛駐足池上，「秋收稻穗藝術節」已舉辦 12 年，是天地人合一的天然劇場。

游苔說，「池上人並不因觀光人潮而亂了自己的生活步調。晴耕雨讀是池上農家傳統，社團發展蓬勃更讓這個人口不到萬人的小鎮充滿生機。面對大批人潮而帶來的開發商機，池上人堅定意志向大型開發計劃說『不』，堅持以稻米文化、藝文活動吸引對慢活有興趣的遊客，甚至吸納新的移居人口，創造在地學子日後返鄉的契機」。游苔認為，能將在地產業生活風格發展成品牌，進一步產生經濟價值，帶動地方發展，絕非一蹴而就。從 20 年前政府推動社區總體營造開始，池上逐步累積能量，20 年的時間，終於促成台灣鄉鎮翻轉的「慢經濟」代表。

應台灣好基金會之邀，作家、畫家蔣勳自 2014 年秋到池上駐村，前不久離開池上了。他每次回池上，都去幾個土地福德祠拜一拜，感謝有過的池上歲月，令他敬拜天地，敬拜四時。他在《慢經濟——遇見池上·心風景》序文寫道：「資本主義市場消費導向，愈來愈汲汲於快速牟暴利。快速牟利，想盡辦法意圖改變自然規則。激素、瘦肉精、基因改造，目的都在快速牟暴利，

不在意殘害人的健康，此時此刻，池上這樣的小鎮倫理何去何從？大批遊客湧進池上，池上便當快速供應，品質變壞了，早餐店『尤朵拉』堅持品質，人手不足，結束營業。池上擋得住城市惡質的市場商業消費嗎？會有更多堅持品質的小店不得已歇業嗎？全球疫情蔓延，警告貪婪的人類，警告對大自然規律的破壞，疫情是天譴，原來樸素乾淨的池上可以是最後的救贖嗎？池上珍重，天長地久。」

山湖的水聲

扶志扶智：
知識是防止返貧的有效「疫苗」

　　進駐山村扶貧的官員劉世成剛到椿樹溝村，就撞上尷尬事，村民將文化館捐贈的書籍當廢品賣掉。要帶領大家實現精神脫貧的扶貧幹部，與沒有閱讀習慣的村民之間，形成矛盾衝突。這是中國內地電視劇《遍地書香》講述故事的開篇，劇情由此向縱深推進。

　　這部劇在北京衛視圓滿收官，以「讀書」這一獨特的切入點，用輕喜劇的形式，講述劉世成帶領村民讀書、學習知識，潛移默化推進文化扶貧、扶志扶智的轉變，引領沂蒙村民建設鄉村的故事。劇中，劉世成給自己定的目標是「讓這個村最窮的人，在讀書以後，成為全村最有錢的人」。

　　作為 2020 年中國脫貧攻堅重點播出劇碼之一，《遍地書香》的導演楊真如此闡述該劇的立意：「許多講述脫貧攻堅的影視作品都關注物質扶貧，我們的題材是文化扶貧，宣導大家讀好書，好讀書。文化扶貧是真正意義上的扶志扶智，治標又治本，知識才是防止返貧最有效的『疫苗』。」

　　隨着《遍地書香》劇情的發展，觀眾看到，閱讀開

闊了農民的視野，啟迪他們的心智，讓村裏原本有隔閡的人放下了成見，讓村民們勇於表達自己的美好嚮往。對於專業知識的學習，更為村民打開了致富通道，他們改進傳統手工藝，經營電商，開發旅遊項目，展示了用讀書帶動經濟，以人文振興鄉村的可行性。

我曾隨香港各界扶貧促進會前往四川省南江縣採訪，香港和南江曾簽署《精準扶貧合作備忘錄》，籌集首期扶貧資金 1 億元人民幣，協助南江縣完成總共 45 個村、19,500 人的脫貧任務，實現整縣脫貧「摘帽」。記得當時考察的重點話題就是文化扶貧，讓知識文化成為推動鄉村振興的重要力量。閱讀，更應該關照那些容易被大家遺忘、或者被社會邊沿化的弱勢群體和孩子。當時南江的扶貧正在推動「童伴計劃」、「閱讀角」項目，是希望透過閱讀點亮孩子心中微光，照亮孩子人生路。那是一種從根子上的扶貧，扶貧不是一個一蹴而就的過程，成長也是一件循序漸進的事情。

很多地方從整體上說脫貧成功，物質上的貧窮已得以解決，但文化上卻依然有待脫貧。傳統的扶貧主要是從經濟物質上輔助，而貧困地區要改變貧窮面貌，既要從經濟上扶持，更需要智力開發。扶貧不僅要扶物質，更要扶精神、扶智力、扶文化。文化扶貧是系統工程，是把文化、教育、科技等與滿足農民求知求富求發展的需求相結合的。

心湖的水聲

「文革」後期，我離開上海去安徽皖南務農 6 年，雖在國營農場，但在群山裏，常與附近的生產隊農民往來，那時山區裏少電，晚上看書還是用煤油燈，現在回去，已幾乎找不到當年影子。村民們日子殷實了，心裏的世界也變得寬闊了。曾擔任過村隊長的江伯說，現在的農村跟過去大不一樣。哪裏變化最大？不是口袋，而是腦袋。與擺脫貧困、走向富裕相比，農民觀念的轉變，才是更深刻的變化。

文化扶貧，閱讀先行。扶貧必扶志，扶貧必扶智。文化扶貧與物質扶貧，可以說是脫貧攻堅戰的一體兩翼，物質扶貧的成效短期內可觀，而文化扶貧在短期內並不能見到實際成效，但文化扶貧能潛移默化激發貧困戶的自我發展能力。有人認為貧困地區沒有文化，即使有也是貧困文化、落後文化，文化扶貧就是向其單方面輸入文化。這種觀點是片面的，文化扶貧是扶貧的更高要求。

不怕商人會打架　就怕商人有文化

　　香港經貿商會會長、金寶控股有限公司主席、四家公司的董事長、金紫荊星章、太平紳士……有這一系列頭銜，可以說他是成功商人了。他，李秀恒。與他尚不熟悉。日前讀到他一部攝影集：以非洲動物、風景及生態為主題的《天空交響曲：不同角度之下的肯亞及坦桑尼亞》。厚重的攝影集 285 頁。

　　東非是攝影師眼中的熱門攝影聖地，李秀恒不下十次前往非洲拍攝。每一次去非洲，除了被地球贈予這片土地的恢宏所震懾外，也加深了對不同野生動物的生態、習慣及個性的了解，獅豹、雀鳥、牛羊……共同交織成這部攝影集的主題：一首關於非洲的交響曲。

　　數年前在遊歷德國時，李秀恒在波恩的貝多芬之家，更深刻了解這位作曲家，亦藉此機會多了興趣接觸他的幾首「神級」交響曲。其後前往非洲拍攝時，他腦海中不時響起貝多芬的旋律，彷彿鏡頭下的動物，都成了天地間巨大五線譜上的生動音符，演奏時而壯闊、時而淒美的樂章。

　　今年適逢貝多芬誕辰 250 周年，李秀恒有一種期盼，讀者和聽眾能享受攝影集和交響曲兩種藝術相融所

心湖的水聲

帶來的新鮮感受。在李秀恒主持下，11 月舉辦一連串以貝多芬樂章為主題，結合「攝影藝術＋交響樂演奏＋合唱團藝術」嶄新跨媒體表演，有「天空交響曲」攝影展和三場音樂會。主營手錶出口的李秀恒酷愛攝影，已出版多部個人攝影集，常常在多家香港媒體上欣賞到他的旅遊攝影作品。

說起商人愛攝影，又想起 82 歲香江國際集團董事長楊孫西。我與他相識有 20 年了。在商場，楊孫西這大名或許無人不曉，他的商業王國遍佈紡織、玩具、房地產、通訊科技產業等領域。前不久，觀賞了他首場書法與攝影個展「行雲流水：楊孫西的藝術」，40 幅書法及近百幅攝影作品在現場展出，行書、楷書、草書、隸書等各種字體皆有涉獵，攝影作品涵蓋風景人物、生活記錄。

17 年前楊孫西從商場上退下火線，重新拾起毛筆和攝影器材，細味書法和攝影的樂趣。對藝術的愛好都因商場打拼而放下了。他自稱自己的藝術風格就是「生意人特色」，用做生意的思維去鑽研藝術，用最少的時間學到最多東西，最近開辦書法攝影個展，正是豐富人生下半場。他說：「不論從事哪個行業，都應該在藝術中尋找愛好，藝術可以培養一個人的修養，讓自己的生活到達另外一種境界。」

人們常說，不怕商人會打架，就怕商人有文化。商

人一旦有文化，更善於所向披靡。我年輕時，在皖南務農 6 年，對「徽商」有深深了解。徽州，古稱歙州、新安，現屬安徽省黃山市。婺源縣的朱熹、休寧縣的戴震、績溪縣的胡適，都是一代文宗，都來自「徽商」家庭。在徽州，文人和商人之間本來就是一棵藤上結着的瓜，有扯不斷的聯繫。見慣了大世面的徽州人，拿起算盤就是胡雪岩、鮑志道，放下算盤拿起筆，就是戴震、胡適。這麼厲害的一群人，頭腦裏裝着的，遠比兜裏裝着的銀票更精彩。走進一個個商人世界，探索他們的價值理念，發現不一樣的人生。商人都浸染儒學，經商也成為另一種功名。

說一個人是花瓶，就是大腦空空，缺少精神文化的熏烤。國家之間，最徹底的碾壓方式不是武力，而是文化的碾壓。都說了，就怕商人有文化，換一個角度說，沒文化，才可怕。特朗普是商人，都說他沒文化，世界才被他鬧得有點可怕。

心湖的水聲

「悅己型消費」
悄然興起漸成「剛需」

　　浙江省杭州靈隱寺內，掛着一副對聯：人生哪能全如意？萬事只求半稱心。語言樸實無華，卻道盡人生。

　　家住西湖邊的李曄，剛過而立之年，已是杭州一家民營公司品牌總監。那天，電話裏談及多年奔波的經歷，她感慨說，清晨一杯超特級新茶龍井，能從持續的緊張焦慮中獲得一份暫時的身心放空，給自己愉悅，心情會好很多。李曄的「悅己」之說，是當下許多年青人的心聲，「悅己」漸成一道風景。李曄說，「媽媽那一輩注重功能性，我們注重產品的附加值，讓自己高興，成為消費最大動力」。

　　「悅己」，是一種生活態度，「自己」也是一道風景。取悅自己的最高境界，就是學會跟自己和解。先要打從心底裏愛自己，不拿別人的眼光衡量自己。紮根本心、悅納自己。當今社會，隨着經濟實力和社會地位的提升，身處知識不斷進化與消費快速升級大潮的最前沿，這一代人熱衷在最大消費能力範圍內取悅自我，令「悅己經濟」市場商機暗湧。

　　持續了一年多且不時反復的疫情，令不習慣網購的

香港人按捺不住了，留守在家網購，滿足購買慾，網絡巨頭阿里巴巴成立「天貓香港」，香港年輕人翹首以待。天貓在內地的數據顯示，醫療健康、無鋼圈內衣、花膠等產品出現爆發性增長。愈來愈多的消費者砸錢為自己開心，追求自我愉悅的體驗，特別是女性，她們不再那麼在乎外界目光，更注重自身健康和穿著的舒適度，「變美」不再是她們單一訴求。

春節將至，北京一份《年貨消費報告》顯示「生活有滋味」的鮮明主張，品質取代價格成了年貨消費首選因素，宅於家，消費「悅己」成了年貨網購新趨勢，重口味零食成主流大勢，薯片銷量超過餅乾、肉乾。「80後」林婧給自己網購的春節禮物是一枚限量版口紅。「塗上這支口紅能令我一整天的心情都美美的」。結婚8年、孩子4歲的她，以往過年的年貨清單盡是家中常備的飲料和米麵油，今年的清單多了口紅。她說，一直就想買這款口紅，不過看到價格後就望而卻步，花幾百的錢買隻口紅不實惠，但今年過年買下它，作為自己的春節禮物，辛苦了一年，還是要對自己好些。

對自己好些，讓自己舒心。人生短短數十載，最要緊的不是討好他人，而是順從本心，取悅自己。所謂「悅己」型消費，即品質取代價格成為消費首選因素，「悅己」型消費漸成「剛需」。日漸興起的「悅己經濟」也讓諸多行業嗅到商機。有一家智印互聯科技公司（隱

心湖的水聲

全名）七成用戶在 30 歲以下，他們的消費趨向追求個性化和創意，凸顯自我意識。該公司的衣服、馬克杯、照片書、枱曆等個性化、訂製化的產品備受追捧，剛過去的一年，這類產品增幅四成。臨近春節，特色伴手禮，如紅包、春聯、花燈、蠟燭都能個性化訂製。紙杯上印的是個人設計的文案，也有網絡流行語，1,000 個紙杯才百元人民幣。

「悅己消費」可分為兩種：「即時型悅己消費」與「發展型悅己消費」。前者指購買快速消費品，實現短期享樂，譬如看電影、旅行等取悅自我的娛樂消費。後者指購買耐用消費品，譬如學習新技能，為健康投資，充實精神世界等消費行為。

當今中國，除了「悅己經濟」，還有貓咪經濟、單身經濟、顏值經濟、睡眠經濟、盲盒經濟⋯⋯當下中國，在消費快速升級的內需大潮前沿，各類特色經濟紛紛呈現。

子軒和紫軒打架，撞上紫萱和子萱

　　中美關係依舊天天熱議，美國總統、副總統也就天天被提起，副總統「賀錦麗」依舊是熱詞。她的全名是卡瑪拉·維德·哈里斯（又譯卡瑪拉·黛維·哈瑞斯），有着印牙血統的美國非裔，18年前為一場選舉，由華人女友和女友父親為她起了這個中文名，中文名能更好的被華裔記住，有助拉選票，意外開創三藩市非華裔政治人物起官方中文名先河。

　　外國人初學漢語，要了解這門外語和該國博大精深的文化確實不容易，給自己起中文名往往笑話百出，令人哭笑不得。有取名「少林寺」、「李小龍」的，還有「莫建設」、「楊政策」的，有叫「阿里」、「巴巴」的，叫「狸貓」、「周六」的也屬常見。中國有句古話：「人如其名，相由心生。」一個人名字的好壞關乎一生命運。因此國人起名字是很講究的，伴隨一生的名字，父母也格外重視，力求自己的孩子能成為自己所期望的那樣。

　　春節前夕，中國警方發布《2020年全國姓名報告》，第一時間登上熱搜。報告顯示：按戶籍人口數量排名，2020年的「百家姓」中，「王」、「李」、「張」、

心湖的水聲

「劉」、「陳」依舊名列前五，五大姓氏人口總數佔全國戶籍總人口的三成一。2020 年出生並已戶籍登記的男性新生兒中，使用頻率最高的 10 個名字依次為：奕辰、宇軒、浩宇、亦辰、宇辰、子墨、宇航、浩然、梓豪、亦宸。與 2019 年相比，「奕辰」首次入圍並登頂榜首，成為男性新生兒父母起名的首選。2020 年出生並已戶籍登記的女性新生兒中，使用頻率最高的 10 個名字依次為：一諾、依諾、欣怡、梓涵、語桐、欣妍、可欣、語汐、雨桐、夢瑤。與 2019 年相比，「一諾」、「依諾」、「欣怡」依舊位列三甲。

不同年代使用最多的 10 個名字，新中國成立時，很多男性取名為「建國」、「建華」，很多女性選用「英」、「蘭」；上世紀六七十年代，「軍」、「勇」、「英」等比較常見；八十年代，很多人叫「偉」、「磊」、「靜」、「麗」；九十年代，則注入了風雅的文化元素，「傑」、「浩」、「婷」、「雪」等字更多地被選用；進入 21 世紀後，「濤」、「浩宇」、「浩然」、「婷」、「欣怡」、「梓涵」等文藝範兒的名字大受歡迎。

這是奇葩現象。如今孩子的取名都密集聚焦那幾個字。有人笑問：3 年後會不會發生這樣的事？這些孩子進了幼稚園。子軒和紫軒打架，撞上了紫萱和子萱，可欣、可馨、可歆跑過來勸架，撞到了若曦，若溪和若熙……子睿和紫瑞跑過去找班幹部浩然、昊然、浩宇

與宇豪。大家一起拉開了子軒和紫軒，扶起了紫萱和子萱，雨萱、宇琪、雨涵拿來藥品幫大家處理傷口，最後子軒、紫軒、紫萱和子萱在大家的勸導下握手言和……

這不是笑話。姓名學是門獨立學問。好名的特點是合八字，避凶趨吉，符合生肖喜忌；動聽、響亮、悅耳，不繞口，音韻優美而音律鏗鏘；字形好看，結構完美，名字新穎；姓氏搭配，寓意豐富，體現個人特長……中國陝西省扶風縣有個浪店村，村裏上千人都姓「醋」，村民給孩子起名就成了難事，「醋」姓不管和啥字組合成名字，都會覺得彆扭。村民醋永紅說，他常被朋友打趣稱「老酸」。河南省修武縣雪莊村400多人姓「耍」，村民稱，姓氏罕見今生活中常遇尷尬事，反而督促自己注意言行舉止，用行動讓更多人認識「耍」姓。

心湖的水聲

奇葩言論：政治人物的「胡說」

　　說起「胡說」，香港人會想到有胡錫進的「胡·說時政」，有胡國威的「胡·說樓市」……當下，要說「胡說」的當數剛剛當選香港大律師公會主席的夏博義，他說的那些話格外「雷人」：港獨可以公開討論；延任後的立法會不具任何法律地位；全國人大常委會的決定，對香港法治是「威脅」；希望政府同意修改部分香港國安法條文……

　　這是夏博義暴露的個人「狂妄」或者「無知」，還是「狂妄無知」都有？正如有學者說，香港國安法這樣一部兼具實體法、程序法、組織法三類法律規範內容的全國性和綜合性法律，豈是作為「享有高度自治權的地方行政區域」的特區政府可以修改的？一個浪迹香港法律界那麼多年的專業人士，如此胡說八道，是真「無知」，還是真「狂妄」？

　　說起「胡說八道」這一成語，就會想起：胡言亂語、顛三倒四、天花亂墜、口不擇言、信口開河、信口雌黃、語無倫次、言三語四……意思是沒有根據或沒有道理地瞎說。「胡說八道」，出自宋·釋普濟《五燈會元·龍門遠禪師法嗣》：「秘魔岩主擎個義兒，胡說亂道，遂

將一摑成齏粉，散在十方世界。」

　　經常見聞的這四個字「胡說八道」，誰都知道它的意思，可未必人人都知道這四個字原本所指，原意是「胡人」在說「八道」。胡人，指西方、西北方的少數民族及其地理和血緣上相距更遠的「域外」人士；「八道」指的是佛教基本教義中的「八正道」：正見、正思、正語、正業、正命、正精進、正念、正定。指代「修行」的不同方面和階段。胡人將他們理解的佛教傳入中國，漢人原本就有點瞧不起胡人，胡人說漢語時往往帶有濃重口音，嘰哩呱啦說了半天，當時先民沒聽太懂，就笑他們講不清楚，便有了「胡說八道」的貶義描述。

　　這幾天，「胡說八道」的是台灣政論節目又發表奇葩言論。

　　剛剛讀完《因為愛你：卡蘿》，作者是台灣政論節目《網絡酸辣湯》、《夜問打權》主持人黃智賢。她是反「台獨」名嘴。半個月前，黃智賢在大陸南京接種新冠疫苗後，被醫護提醒「24 小時內要多喝水、不喝酒、不洗澡，三天內不能吃海鮮，要特別注意別着涼」，黃智賢十分感謝大陸醫護人員的貼心關照。打完疫苗後黃智賢心情愉悅，當晚吃了火鍋和冰淇淋雪糕犒勞自己。她說，「打完疫苗到現在，身體毫無特別感覺，沒有任何一丁點不適。這，就是中國日常」。

　　殊料，台灣一檔政論節目《平論無雙》，卻拿她接

心湖的水聲

種疫苗的心路歷程做起「胡說」文章，意圖抹黑大陸。對黃智賢接種疫苗後被提醒「24 小時內不能洗澡」，節目主持人平秀琳頗感訝異，她請來的節目嘉賓、台灣新北市醫師公會理事羅浚晅醫師給出「專業解讀」。這個醫學專家的回應更是「胡說」而語出驚人，他說，這是因為大陸居民沒條件洗熱水澡，天冷洗澡會感冒，所以才有這種提醒。「大陸缺電缺煤，沒法有足夠能源使用熱水，不小心就感冒了」。

大陸缺電缺煤洗不了熱水澡？無疑是羅浚晅的「奇葩腦洞」。大陸確實曾對一些地區一度採取限電措施，但那是因為經濟紅火，北京仍加速推進碳減排碳排放達峰行動，加上疫情後各省市復工復產加快，南方沒有暖氣供應而導致空調電耗激增，但從來沒有對市民生活用電作限制，與「缺電」之說，完全八竿子打不着。至於所謂中國減少澳大利亞煤炭進口，導致中國鬧電荒的「缺煤」說更是「胡說」。中國煤炭從澳大利亞進口佔比小，且都用於冶煉金屬的焦煤，與發電用的動力煤無關。何況，接種疫苗後要避免注射部位碰水，以防感染乃是醫學常識，因此才有「24 小時內不洗澡」的善意提醒。

黃智賢對這些「胡說」回應稱，這是「台獨」對大陸疫苗「羨慕忌妒恨」，心虛後就開始「講外太空語言了」，解讀成「大陸啥啥不行」，這就是玻璃心碎一地

的「台獨」，用奇葩表演自我安慰罷了。

　　早些時候，台灣名嘴在電視綜藝節目、談話性節目和政論節目上，時有對大陸的偏見「胡說」，成了熱搜話題，一度登上微博熱搜排行榜。名嘴高志斌說，「大陸人消費不起茶葉蛋」、「消費不起冷凍水餃」；名嘴黃世聰說，「大陸涪陵榨菜的股價近期下跌，是因為大陸人現在連榨菜都吃不起」；名嘴范世平說，「大陸一胎化導致很多人沒有配偶，台灣女性比男性多，因此武統解放台灣找老婆」……對高志斌「胡說」，一名廣州老闆在市區珠江新城自費購買並免費派送 10 萬隻茶葉蛋。對黃世聰「胡說」，重慶涪陵榨菜公司除了推出微博網民抽獎送榨菜活動外，更直接向黃世聰寄了一箱榨菜，強調稱「我們吃得起榨菜」，回應語不驚人死不休的「胡說」。

「講書人」：
文化新職業和高端服務業

　　「講書人」趙健講特德·姜的科幻小說《你一生的故事》，獲「樊登讀書2020《有請講書人》決賽」第一名。他針對書中核心命題「在自由意志和預測未來之間，只能選擇其一」提出自己獨到見解，得到評委們最高分。賽後趙健說，講書人就是知識點燈人，只有自己讀書多了，才有底氣講述給別人聽。「講書人」在互聯網平台上興起的時間不長，在一眾直播帶貨的播主當中，因為與知識思想的粘合度，而顯得與眾不同。

　　「90後」趙健是「致力於推廣全民閱讀」公益讀書組織的會長。他學的是戲劇文學，在大學時期就是出了名的「讀書人」，有一年他登記在冊借閱學校圖書館的圖書就多達400多本，圖書館頒了一個獎「最佳閱讀者」給他。趙健說，「讀書是我的生活習慣，讀書之後，我想與人分享，而講書就是很好的形式，檢驗自己閱讀效果的最好方式，就是有信心把這本書講給別人聽」。「講書」不是他的主業，趙健麾下還有一家正在創業的文化傳播公司。每逢周末，在自家書房安靜的角落，趙健架上手機，調好燈光，打開視頻錄製鏡頭，就開始講

書一小時。講完，就將視頻上傳各大平台。趙健投入最多的「成本」是閱讀時間。

這場 2020《有請講書人》短視頻大賽，歷時 58 天，全網播放量逾 30 億，超 1 萬人報名，經數輪淘汰賽，20 進 8 半決賽迎來巔峰之戰。選手動情講書，評委犀利點評，激烈角逐，高潮迭起。主辦大賽的「樊登讀書」創辦於 2013 年。

樊登讀書創始人、首席內容官樊登早年任職央視，主持過《實話實說》等欄目，辭職後創立「講書」的品牌。7 年來已坐擁 4,000 萬用戶。作為公司明星「講書人」，樊登以每周一本的頻率，迄今共講解了近 300 本書。樊登正在建立自己的「講書人」隊伍。樊登說，「有些人會說，書要自己讀才有感覺，聽別人講就像聽廣播、聽評書，那是人們對知識獲取的慣性與偏見」。

「講書」，有人稱說書。「講書」不是講故事，更不是說評書。古意是一種中國傳統口頭講說表演，多以曲藝形式呈現。《有請講書人》中所言「講書」，則理解為愛書人透過知識分享，以講書形式幫助讀者理解某一本書所講述的。「講書人」這個角色好比是一座橋樑，書本的作者與聽眾處在橋的兩端，他們在講書人的「知識反芻」下產生鏈接。

小時候讀了一本書，老師會要求寫「讀後感」，「讀後感」的閱讀者，只有自己和老師。現在的「講書人」

心湖的水聲

是把「讀後感」轉換成一種聲音和視覺產品，面對更多更廣的人群。「講書人」的目的是以自己對書的講述和理解，引導人們去看更多的書。講書也好，聽書也好，閱讀的形式和種類的繁多，使閱讀這種古老而安靜的姿態，產生了變化，人們沒那麼多時間去選書、讀書，「講書人」的使命，便是幫助用戶選好書，讀透書。

　　「講書人」，即閱讀講解師，成了一種新職業、新工作，職業標準和行業規範已經制定。把書中內容講給人聽，只有人類智力可以勝任，不會輕易被機器人取代。有「聽書」需求，必然需要有人「講書」。如果每堂課程售 1 元人民幣，粉絲量又足夠多，有 1 萬人購買，收入就上萬了。如今，有一些講書人靠講書月入 5 萬元。正如文首的趙健所言，「這就是時代發展過程當中，一定會出現的新職業、新現象，也是高端服務業的體現」。

從趙婷獲獎描述的「同情心」說起

　　人生需要同情心。華人導演趙婷「橫空出世」奪獎，從一頭「金獅」到兩尊「金球」，再次憑藉《無依之地》獲得金球獎電影最佳導演獎、劇情類最佳影片獎。在獲獎感言中，趙婷引用《無依之地》中一段對於「同情心」的描述，表達的意思是「影片的核心在談論同情心，同情心能掀開所有隔閡，讓我們走到一起」。這也是一種價值觀。

　　在全球疫情背景下，有關「同情心」的表述，能激發觀眾更多聯想。同情是透過敏銳的感官，感受他人情緒，檢視自己是否能感同身受，適時伸出援手提供幫助。同情就是對別人的遭遇在感情上發生共鳴，同情是一種悲憫情緒，是一種善良心靈折射出的美麗光輝。同情心是道德感、公平正義、理性思考的重要起源。同情，是一種美。它不是居高臨下的恩賜，不是裝模作樣的慈悲，而是人與人之間一種和諧的連結。同情心，同感心，同理心，三者有異有同。沒有同情心，就不會有同感心、同理心。

　　趙婷獲獎之日，正好是火遍神州的「拉麵哥」的小攤，被迫打翻而終於收攤的日子。這位山東「拉麵哥」

心湖的水聲

走紅，緣起於一段短視頻。在山東臨沂費縣，梁邱原本是一個名不見經傳的小鎮。最近一個月，這個小鎮卻因一位賣麵的師傅引來上億人關注。一位路過的網友攝錄他，發到網絡而令他一夜爆紅。視頻中，一位皮膚黝黑的男子在農村大集上賣拉麵，他先提起一袋麵粉，倒入缸內，而後保持直立站姿，雙手埋在缸裏一陣揉搓，再拿着拌和的麵團轉身回到案板前，一個長條狀的麵團被用力甩在案板上，隨後拉出細條狀的麵，放入沸騰鍋裏。有拍攝者問這麵多少錢，「拉麵哥」回應稱「3元一碗，10餘年來未曾漲過價」。他覺得農村人「賺錢都不容易」，不好意思漲價。這位憨厚攤主叫程運付，被網友冠以「拉麵哥」之名。

除了慕名來吃拉麵的，更多是來自全國各地做直播的網友，與他合影，拍攝短視頻。「拉麵哥」麵攤前，一幫人架起長槍短炮，前前後後圍七八層，每天不下500人，從出攤拍到收攤，一圍整天，瘋狂直播，其家門口也成天被堵拍攝。在抖音上，上百個直播間即時直播「拉麵哥」動態，每段視頻觀看人數超過10萬、20萬。對「拉麵哥」的圍觀很快變了味。他那方小小的麵攤與整個村子，變成大型「行為藝術」秀場，寧靜的小山村交通瀕臨癱瘓。程運付陷入「有家不能回，有麵不能賣，有攤不能出」的困境。那些網絡主播視頻直播，看中的只是「拉麵哥」身上所帶的流量，以期能在流量

的汪洋大海中為自己撈取「一瓢」，所謂「慕名而來」，實則「慕利而去」。他只是一個被消費的流量工具。顯然，過度圍觀已不是「蹭熱點」，而是嚴重干擾他人正常經營。

這樣的事情並非沒有先例。此前的「大衣哥」朱之文、「流浪大師」沈巍、「小馬雲」范小勤……同樣被「架」到風口浪尖上，社交平台上過度圍觀，為他們生活帶來諸多侵擾。時至今日，「圍觀改變中國」成為廟堂之中的熱議話題：蹭別人的「流量」，鼓自己的錢包。

圍觀者一旦沒有最基本的邊界感，「關注」就變成「鬧劇」。缺少的是同情心、同感心、同理心。擁有同情心，就能站在別人的角度思考。這些圍觀的網絡主播沒能以對方立場為出發點，思考對方當下的感受。這正是趙婷需要呼籲「走到一起」的價值觀。

心湖的水聲

確診無罪，網暴可恥：
敵人是病毒，不是感染者

　　法國思想家羅曼羅蘭說過，「每個人的記憶裏，都有一座埋葬記憶的小島，永不向人打開」。想起這句話，是因為最近看到新冠疫情感染者隱私風波，頻頻在網絡席捲。亂戳別人隱私，是對人的一種傷害。

　　北京大興區天宮院街道出現兩名確診病例，大興區已有 200 天無本地新增確診病例，他倆的出現引發全民關注。翌日下午，北京市疫情防控新聞發布會通報了二人的活動軌迹信息。以其中一名確診人為例，官方通報的是：某男，46 歲，現住大興區天宮院街道融匯社區，在某報社工作，哪天幾點自駕車外出訪友，哪天幾點坐地鐵幾號線到哪站上下班……這樣的信息被公開，應該說尚能接受。不過，是日下午，這兩確診病例的隱私信息，開始在一些微信群和朋友圈內被廣泛傳播，不僅有兩人全名、籍貫、照片、親屬關係，還具體到門牌號的寓所地址和工作單位等隱私信息。

　　這又是一次確診病例隱私洩露事件。自新冠疫情發生以來，在中國內地此類事件頻密發生，從四川省成都確診趙姓女孩，到從韓國返回遼寧省瀋陽的確診者尹

某，都是信息洩露的受害者。以趙姓女孩為例，那天「20 歲成都確診女」等 9 個相關詞條同步登上熱搜，趙某個人身分證、住址、手機號等隱私在網絡上被曝光。因確診前連續多天踏足嗨藍調美甲店、小巷巷麻辣燙、海霧裏小酒吧、赫本酒吧等，一批網友對該女孩的私生活在網絡平台肆意「解剖」，嘲諷其為「轉場王后」、「夜場女王」。

應該說，疫情下公開流調（流行病學調查）信息可滿足公眾需求，人們需要知道確診病例活動的大致軌迹，從而評估自己的風險。公布流調信息也符合國家對疫情信息公開透明的要求。官方公布的患者姓名都會用「病例 ×」或「× 某某」來表示。年齡公開，但不會具體到生日，活動軌迹和生活場所也需要公開，但不會具體到門牌號。身分證號、手機號等，所有可精準定位到某個人的信息都不會公開。

當下，在對確診病例做流調時，往往會經手各層級多個人員，從醫護人員到社區防疫工作者，從醫院到衛健委，病例信息有可能在某一環節洩露。知曉確診病例信息的鄰居、同事、朋友，也有可能成為信息洩露助推者，更有人將熱衷傳播他人隱私的窺私癖，跟病態仇視情緒「嫁接」。要杜絕此類現象，在大數據時代的疫情防控中，就需要紮緊病例信息保護的籬笆。中國目前仍沒有一部完整法律，對個人健康信息安全有系統規定。

山湖的水聲

在特殊時期，針對確診病例信息的洩露，不妨提高違法成本，提升懲戒力度，建立洩露後的追溯倒查機制。

本質上，對於他人隱私自覺保護，也是在保護我們自己的信息安全。因確診而遭受網絡暴力的患者，只是不小心感染了新冠，他也是受害者。洩露傳播個人隱私是錯，人肉網暴也是錯，其弊害早就被說得太多太多。「確診」無罪，「網暴」可恥，這本是常識。疫情之下，我們的敵人是病毒，不是感染者，也是常識。遺憾的是，有時從常識到共識，還隔着一條共情能力匱乏築起的溝塹。

年輕時候，老師就告誡我們，當你知道了別人隱私，便只能守口如瓶。不言人難，不戳人短，不問人私。人心像輪明月，一個人總要剖析別人的「黑暗」，率先暴露的就是自己的黑暗。別讓自己嘴上逞了幾分快意，人前卻丟了一生的修養。

儒家文化與抗疫「東亞模式」

　　敬老，國人的傳統美德，是敬老文化的核心內容。那天飯局上，眾人談到「敬老」這一話題，都有一個共識：香港人的敬老意識，與鄰近國家和地區相較明顯遜色。飯桌上，有友人提到 10 多年前的那部美國電影《二百萬奪命奇案》，內地譯為《老無所依》，台灣譯為《險路勿近》，是一部德州西部犯罪驚悚電影，由科恩兄弟執導，獲得第 80 屆奧斯卡金像獎最佳影片等 4 項殊榮。友人說，10 多年後的今天，美國老人正在現實中感受「老無所依」的悲哀，疫情下，牽動了「老年」這個話題。

　　百年一遇的疫情下，美國新冠肺炎新增確診和死亡人數居高不下，老年人群體受到的衝擊嚴重，全美15,600 所養老院不幸淪為疫情「黑洞」。白宮戰「疫」，迫於總統選舉壓力，總算承認新冠病毒不會很快消失，美國人必須「忍受」，並在「忍受」中繼續推進經濟與社會「重啟」與「恢復」。美國的「群體免疫」對「高齡者」而言無疑是殘酷的，為了子孫、為了國家，似乎要以老年人生命，換取後代的經濟強勁。一些美國政客竟然認為，老年人的生命沒有年輕人有價值，提出「老

心湖的水聲

人應主動為經濟而犧牲」等奇葩言論。

　　這場疫情突如其來，世界各國採取不同的應對模式和具體措施。打開疫情地圖，疫情與儒家文化產生了某種聯繫。有學者梳理出抗疫四種模式：中國模式、群體免疫模式、混合模式，還有一種是由中國模式衍生的東亞模式。稱作東亞模式，不只是因為這些國家的地理位置，而是從這些國家抗疫過程中所體現的共性，凡是受儒家文化影響的亞洲黃種人，疫情似乎都得到較好的控制。

　　尊重君子、盡責公民的儒家價值觀，無疑是中國抗疫的文化密碼。中國人幾千年來受儒家「君臣」、「父子」、「臣民」等思想教化，形成恭順謙虛、缺乏幽然感的性格，疫情也反映出中國儒法思想、尊師重教、珍重老年人生命的傳統。儒家文化是一個價值體系，提倡中庸之道，重視內心健康，行為舉止低調，強調自我約束，規範社會行為。這在應對生命中從未相遇的一場危機時，往往能保持平和的心態和靈活的彈性而安然度過。

　　東亞國家在傳統和文化上深受儒家思想影響，這些國家的人們比較含蓄、內斂，為人處世謹慎自律，自我約束，願意配合，有「服從」的傳統。面對疫情往往能嚴肅對待，遵守當地的封鎖命令，配合政府號召，出門佩戴口罩。人們有責任感，規範個體行為和社會關係。

在危機時刻，家庭、群體和國家利益往往會超越暫時的個人利益。這些文化傳統在韓國、越南、日本、新加坡、馬來西亞等東亞國家也同樣根深蒂固。在世界各地的華人，也普遍認同個體與集體並非對抗關係，個體構成集體，集體呵護個體。因此，在疫情重災國的意大利普拉托市，華人社區成了此次防疫的典範，當地 5 萬多華人，特別是老年華人，幾乎無人感染，成了一大亮點。

儒家文化認為，老人是智慧象徵。亞洲人在文化上敬老，在西方年老卻是衰頹的象徵，西方某些人甚至鼓吹在抗疫中可以放棄老年人，這顯然是一種反人類論調。敬老是調劑代際關係的一副良藥，是治國安邦的重要舉措。生命權是最基本的人權。災難來臨時，如何保障最脆弱群體的人權，是對一個政府執政理念和能力的考驗，也是對一個社會文明進化程度的檢視。

心湖的水聲

文化符號：
從香港那個最長路名説起

　　那天和幾個朋友喝茶聊天，閒聊中説起香港的路名，最短路名和最長路名。最短的路名可並列一大串，最長的是一條，10 個字街名。印象中是讀香港地政總署 3 年前編輯出版的《香港街》，首度收入港珠澳大橋香港口岸人工島，記載了這條香港名字最長的路：「港珠澳大橋香港連接路」。

　　路名是一種文化符號，是人類社會發展的產物，也是一個地方的集體記憶。世事滄桑，路名載之。這條最長路名的「路」，與香港諸多路名一樣，見證了香港的成長和發展。據稱，香港有 4,000 條街道，匯聚它們名稱背後的故事，就是一部活的香港歷史文化大全。一個城市的地域稱謂，不外乎有三種形態，除了路名外，還有行政區域名和地名。地名是一個城市文化的重要載體，記載着這一地域的特徵，是這個地方的精神名片。

　　地名與個人生活密不可分，亦是集體共同擁有的無形文化財產。無論是人物、事件，還是自然景觀和族群的語言、信仰與習俗，都可以成為地名的組成部分，且得以傳承。讀《香港的地名與地方歷史》（饒玖才，天

地圖書），就能感受地名擁有豐富的歷史文化內涵，同時具有認同性與延續性。

中國幅員遼闊，地名豐富，耐人尋味，有的形象生動，有的情趣雅致，或以方位，或以顏色，或以數字，或以禽獸，或以花卉命名。以姓氏為首的地名：有萬縣、彭澤、吳江、秦嶺、洪洞、樂平、包頭；以方位為首的地名：有東陽、南昌、西安、北京、中衛、下關、左權、右江；以顏色為首的地名：有黃岩、青島、藍田、白城、黑山、紅安、赤峰、烏江；以花果樹木為首的地名，有蘭溪、梨樹、桃源、蓮花、梅縣、柳州；以數字為首的地名：有零陵墓、一平浪、二連、三明、四平、五台、六安、七星台、八達嶺、九江、十堰、百色、千陽、萬安；以動物為首的地名：有龍泉、虎林、鷹潭、狼山、雞西、鶴崗；還有以食品為首的地名，以礦產為首的地名……

地名承載着城市的歷史文化，地名也是隨着歷史變遷而發展的。不難看到，由於城市建設的飛速發展，有不少曾經與人們息息相關的地名正在弱化淡化，甚至消失了。日前，從網絡上觀賞了老友、上海作家沈嘉祿一場關於上海的講座視頻，多年來他對上海學潛心研究。

幾十年來，上海與香港是我兩大居住地。這「雙城」有頗多相似之處。因為舊區改造而面臨消逝的老路舊街有很多，它們都是一類業態、一種制度、一段歷史、一個活法的憑藉。香港大多數地名，由當年英國人

心湖的水聲

以英文命名，由中文的粵語發音而音譯成中文，上海人到香港，往往覺得這中文地名有點怪異而一頭霧水。正如每一位老香港都能說出一長串消失的地名和路名，每一位老上海也都能說出一大串：雞毛弄、筷竹弄、蘆席街、篾竹街、盧家灣、泥城橋、唐家灣、王家碼頭、蓬萊市場、大自鳴鐘等，它們已成為一片葦葉上的露珠。

沈嘉祿說過，「老路名看上去或許很土，但老路名是歷史形成的集體記憶，是城市的文化密碼。我們從哪裏來，到哪裏去，老路名或許能給出一些提示。適當保留一些有價值的老路名，也是不忘初心和文化自信的體現。真實的老路舊巷，哪怕在物理層面的重組、調整後，也比泛黃變脆的老照片更有質感和溫度，能讓我們蹲下身子，去撫摸新長成的城市皮膚」。

瘋狂的「劇本殺」，你玩過嗎？

　　假日，上海一家線下「推理店」。屋子四周懸掛着不知名的油畫，桌上的幾盞蠟燭搖曳着枯黃燈光。六人圍坐，寧靜房間只聽到「沙沙」翻書聲，接着幾個翻書人都進入各自角色：「我，王大炮，是個青皮混混，不務正業，遊手好閒，前不久剛和我老婆離婚。」「我，孫小美，重點中學教師，是王大炮青梅竹馬，是他前妻。」「我是周廣播，社區裏的熱心腸，好管閒事，心直口快。」……「王大炮，是不是你殺了郭主任！」……經抽絲剝繭分析，「真兇」和每個人背後的故事漸漸浮出水面。一群人短暫脫離現實世界，扮演角色，宛如戲精。當下相聚，還有什麼比和朋友們一起互相「插科打諢」更歡快呢？有的只為能在情感本裏放肆哭一場，有的借着恐怖本大喊幾嗓子。

　　幾個人擠在一間小屋子從早玩到晚，玩的是「劇本殺」。這圈子裏有句口號：「重新經歷你的第二次人生」。這表明「劇本殺」創造另一時空，讓人們扮演不同角色，抽離現實生活，感受另一種激情瞬間。150年前，托爾斯泰在報紙上看到一位婦女死訊，她衣冠楚楚，帶着一包換洗衣服，卻自己跳進莫斯科火車站一

心湖的水聲

列火車軌道中。之後他用了 20 多天完成《安娜‧卡列尼娜》初稿寫作。今天的「劇本殺」也是一種講故事的延續。

什麼是「劇本殺」？這是中國內地新興的一種邏輯推理遊戲，玩家人數不超 8 人。起源於歐美派對遊戲，最初被直譯為「謀殺之謎」，按之前社交遊戲「三國殺」、「狼人殺」的稱呼，它被稱為「劇本殺」。遊戲中，玩家根據自己手裏的劇本案，扮演角色並演繹一段故事，展開推理，挖掘證據，共同揭開故事背後的秘密或找出兇手。

「劇本殺」杭州展會於 5 月 10 日在浙江省杭州舉行。一長排古風沉浸劇場，特邀不少「古風小姐姐」助陣，「劇本殺」音頻庫與杭州展會達成戰略合作。4 個月前，第一屆廈門尾牙「劇本殺」展會在廈門北海灣舉行，主題「撥雲見鷺——為劇本發聲，讓熱愛發光」，各地 500 多家「劇本殺」店家與會，展會分前期沉浸式劇本演繹和展會拍賣兩個環節。一場「劇本殺」展會，發行方參展門票價格在 3,000 至 8,000 元人民幣（下同）不等，商家入場票價在 400 至 500 元之間。

2020 年全國舉辦的「劇本殺」展會有 18 場，2021 年 10 月之前排期的展會 16 場，還在持續增加，每期展會的新本量在一、二百部，僅 2020 一年的新本量有二、三千部。在由編劇、發行、店家三方形成的劇本市

場裏，編劇輸出作品；發行買斷作品，包裝推廣到劇本展會或其他平台，再按普通盒裝本，600元人民幣左右；城市限定本，1,500元左右，一座城市3套；城市獨家本，5,000元左右，一座城市1套，售賣給各城市「劇本殺」店家。「劇本殺」核心競爭力在於內容，《孤城》賣出去1.2萬本，按一本售價500元，大約有600萬元進帳，作者和平台五五分潤。

5年前，中國內地推理綜藝秀《明星大偵探》橫空出世，開播月餘，全網總播放量超3億次，推理、燒腦的劇情令口碑收視雙飛，帶火「劇本殺」行業。到2020年底，「劇本殺」全國市場已達百億規模，「劇本殺」線下店突破30,000家，總玩家超6,000萬人。從誕生到野蠻生長，在急速擴張的背後，有人入局追逐快錢賺了上億，有人背負幾十萬債務黯淡離場。短短幾年，「劇本殺」行業已顯現馬太效應。

湖的水聲

C

心湖的水聲

惡劣成功學：
天才少女一天寫詩 2000 首

　　這一陣，社交媒體上，一名 16 歲女生岑某諾（隱名）刷了屏。她的簡歷可謂「逆天」：浙江慈溪人，在讀高中一年級。她「一天能寫 300 首詞牌、2,000 首詩、15,000 字小說」，2 年出版了《雷霆戰警》、《岑某諾詩詞 666 首》等三本書。她還輾轉新加坡多地企業論壇作演講，聚光燈下，「舉手投足間顯示不同於這個年齡段孩子的老成」。

　　信不信由你。她的簡歷寫着「全球華人青少年領袖學習會創始人」，她 14 歲出任「中國國際新聞雜誌社記者」，還是「中華傳統文化傳播院院長助理」等，簡介稱她是「宇宙超能量」等品牌創始人。在 2019 年暑假，她開設課程，教授青少年寫詩、演講，頗受家長歡迎。

　　她還與香港時有關聯。據她父親岑剛燦聲稱，這家「中國國際新聞雜誌社」，是在香港註冊的媒體。2020 年春節她曾到香港衛視做公益頒獎盛典演講。沒有面對面見她寫詩，不過從網絡上看了她幾個演講視頻，少年老成的演講，讓人不敢恭維：伴隨音樂旋律，

心湖的水聲

聲調吐字抑揚頓挫，吆喝掌聲的「傳銷式演講風格」，一段偏執童年的總結陳詞，一股讓人不寒而慄的油膩「早熟」。

網絡上，有人稱她「蓋世神童」。現在的「神童」神得令人愕然，地球自轉慢一點，都跟不上他們的文思泉湧。女孩一天 2,000 首詩，相當於 43 秒寫 1 首。普通人抄一遍 2,000 首詩，恐怕要幾天幾夜。岑某諾勝過人工智能機器人寫作，這位「宇宙級天才少女」刷新全世界認知。

她父親堅稱，相關宣傳並無誇大成分，女兒創作的數字沒有水分，孩子從小愛學習，「希望孩子一定是感恩的，對社會有貢獻的」。她父親是紹興一家文化傳播公司和一家生物科技公司法人代表。人們注意到岑某諾賺的是她背後的商業邏輯，即「品牌變現」的資金。借着閃光圖騰，向粉絲兜售演講課、訓練營、保健品，疑問是這些父親公司品牌產品是如何「攬客」的。這名少女的頭銜與名譽，屬於何種性質，都有待管理部門循迹追查，看看有否涉嫌違規。

不可否認的是，岑某諾有才，也活得很努力。在「神童」的外衣和「神棍」的內裏之間，她扮演着自己的角色，戲裏戲外，真真假假。此際，又傳出一個益智綜藝節目曝出一份堪稱「天才少年」的「裸跑弟」簡歷海報，刷屏網絡。這之前，還有小學生研究基因走紅，

研究喝茶抗癌獲全國大獎⋯⋯

一則雲南省昆明市盤龍小學六年級學生陳某石，透過研究突變基因「在結直腸癌發生發展中的功能與機制」，獲得全國青少年科技創新大獎的信息，在社交媒體廣為傳播。接着，武漢又爆出華中科技大學附屬小學三年級和五年級的兩名小學生，探索茶多酚主要成分EGCG抗腫瘤效果而獲獎⋯⋯有網民指出，這樣的科研水準，遠遠超出小學生認知範圍，實驗中小鼠成果沒有幾年不可能完成，實驗要求邏輯嚴謹，資料處理需極強的醫學基礎支撐，「背後肯定作假，存在學術腐敗」。

其實，梳理這些逆天「神童」的共性，背後往往存在一條利益收割鏈，都有個老謀深算的操盤手，最惡劣的成功學就是對孩子下手。這場「神童秀」挑戰了社會底線，原標題：《天才少女一天寫詩2,000首》：最惡劣的成功學就是對孩子下手，人們很難將批評矛頭對準一個孩子，那些對她「馴化」的推手，才更應該被推到前台，接受輿論評判。「救救孩子」的同時，更要治一治這些「造神者」。這世界少一個神童、天才無關大體，多一個病人、妄人就罪孽深重。

109

山湖的水聲

神翻譯:「硬核」、「融梗」、「甩鍋」、「退群」

　　全國人大常委會審議「港區國安法」草案,4 類犯罪行為中包括「勾結外國或者境外勢力危害國家安全」,由原本的外部「干預」變為「勾結」,引發輿論熱議。「干預」主要針對外部勢力,改為內外「勾結」,針對性無疑更清晰了。幾乎同一天,北京宣布,中共中央政治局委員楊潔篪「應約」同美國國務卿蓬佩奧在夏威夷對話,沒有用「應邀」。應約,意思是接受約請;應邀,意思是受到別人的邀請。應約則側重於表示發起邀請者和接受邀請者雙方平等,是平等關係。應邀表示的是發起邀請者是主方、接受邀請者是客方,客方應邀接受邀請,是主客關係。

　　一字之差,大有講究。中文字就是這麼豐富,漢語言博大精深。中國漢字的歷史是長達數千年的發展和演變的歷史過程。中國文字的趣味話題,往往讓學中文的外國人聽得一愣一愣的。為什麼第一次見面出難題叫「下馬威」?為什麼阿諛奉承也叫做「拍馬屁」?為什麼罵人說「不要臉」而不說「不要面」,古代的「臉」與「面」是指人體的同一部位嗎?……

外國人學中文，學得「一愣一愣」的，還有就是當今遇到網絡流行語。流行語自身在不同年齡代際之間體現着特色，更多時候意味着身分認同，以大家認可的表達方式，高效便捷作溝通。2019 年的流行語，「文明互鑒」、「霸凌主義」、「區塊鏈」、「硬核」、「融梗」、「檸檬精」、「我太難了」、「我不要你覺得，我要我覺得」……都是熱詞。網絡流行語言幽默詼諧、方便快捷、個性時尚，也承載許多新思想和新觀念，網絡語言豐富和發展了漢語言。

聽北京的外交官說，他們對外翻譯中遇到的難題，無疑是網絡用語的翻譯。外交部記者會上，發言人在回答問題時，或引經據典，或強硬回懟，或使用網絡新詞，從一些艱澀少見的成語、俗語、詩詞，以及一些網絡新詞，頻頻出現在外交部記者會上，妙語連珠，可管窺一段時期內的大國外交關係和世界局勢變化，不過，也讓外交部的翻譯時不時遭遇困境，一些詞彙的翻譯太難了，要做到「神翻譯」更是難上難。

一次，有記者問發言人華春瑩，美國總統特朗普稱中方經常出爾反爾……中方對此有何評論？華春瑩當即說，看到有關報道，我只想「呵呵」兩聲。「呵呵」的翻譯為「Hmm. How interesting」，是不是譯得傳神？另一次，華春瑩在回應美國國務卿蓬佩奧希望將中國納入美俄軍控談判時，用了一個常見的網絡詞彙「甩

山湖的水聲

鍋」，「我們認為這是一種變相『甩鍋』」，翻譯為「shifting the blames」。

記得，外交部另一位發言人曾說，「美方總是喜歡給自己『加戲』，動不動就自己搭起舞台指手畫腳、表演一番。可惜，觀眾似乎並不買帳，有時還會喝倒彩。為什麼呢？因為大家都看得很清楚。前幾天我曾經說過，一個頻頻『變臉』、『毀約』、『退群』的國家根本沒有資格談什麼守信履約」。一連用了多個網絡詞彙。「加戲」譯成「in the spotlight」，「退群」譯成「withdrawals」。

這類神翻譯，往往令人叫絕。對富有趣味性的特色搞笑翻譯，網友讚之為「神翻譯」。網絡流行語同時引發的表達趨同，讓人們在表達同一件事情時，既有會心一笑的默契。不過，也有學者指出，這種語言的隨意性太大，不穩定，是一種時髦的「文字遊戲」，會減弱表達的多樣性和豐富性。你覺得呢？

從「求和」到「霸」字：
文字的故事

　　海峽兩岸時下可謂「兵凶戰危」，北京中央電視台主持人李紅一句「這人要來大陸求和」，令台灣藍綠一陣譁然，攪翻海峽論壇一鍋粥，國民黨最終取消派團赴廈門海峽論壇。「求和」，有人解釋是「追求和平」、「尋求和平」；有人卻指「求和」兩字太刺眼，是「跪求和平」，「求和」等同「求降」⋯⋯

　　漢字就是這麼有趣。漢字是記錄漢語的文字。同一個詞組，有不同理解。當今世界，美國霸權主義時常冒泡，霸權、霸凌、霸道，恃強凌弱、蠻橫無理。內蘊於這個「霸」字中的強妄之氣從何而來？曾聽學者講述過它的來歷。早期字源，主要呈現的是「月」和「革」的組合。「霸」的本義即為月亮變化過程，從「月」；至於從「革」，顯然指變化。本義是月亮變化過程，後演化為「雨」字當頭，即與雲、雷、電一樣，與氣象有關。漢字有借聲取義功能，「霸」讀作「膊」，與「伯」同音。「伯」本義是老大、首領，一假借，「霸」字的身世旋即逆轉，成為割據一方的強權擁有者，所謂「方伯」就是指地方主政者。

漢字，趣味無窮。它是世上最古老文字之一，是世界上唯一延續並使用至今的表意文字。漢字是歷史「活化石」。漢字作為形、音、義三位一體的文字符號系統，漢字的萌芽是從圖畫文字開始的，後來才逐漸演變成象形文字。據學者研究，世界各民族文字都起源於圖畫，漢字最初也是圖畫。遠古時代，住洞穴裏的原始人，畫一頭牛，表示「牛」。畫一頭羊，表示「羊」。畫一隻鹿和一個拉弓射箭的人，表示「打獵」。圖畫文字，沒有讀音，沒有寫法，還不是真文字。圖畫文字進一步簡化，便產生「象形文字」，用簡單線條，扼要描繪實物外形和特點，例如畫站着的人的側面，造個「人」字；畫一堆火，造個「火」字；畫個圓圈，中間加一點，造個「日」字。

　　奇妙的漢字，一筆一畫都有故事。10 多年前讀過一本《漢字的故事》，作者郁乃堯。該書講述世上唯有漢字具有表音、表意、象形等特徵，其自身的結構就包含豐富而深刻的文化元素，反映了漢民族文化特質。《漢字的故事》對近 300 個常用漢字的文化底蘊作探討，將漢字蘊藏的文化內涵與有趣的故事聯姻，既具學術性，也頗有趣味性。每個漢字都是一幅畫，每個漢字都有一個故事。

　　2019 年 12 月，好友、台灣作家唐諾最新鼎力大作《文字的故事》出版。這本書的緣起，是作者讀《說文

解字》未能過癮，轉而到甲骨文中尋找中國文字原貌，於是有了這個由文字和故事構成的美麗世界。唐諾拾起散落在歷史途中的文字碎片，抹去所蒙灰塵，歷史和當下擦出火花，找回與文字曾經親近的情感。之前，讀過同為台灣文化名人張大春的《見字如來》，這是他第三本講字詞辨析的書，此前出版過《認得幾個字》和《送給孩子的字》，做與「字」相關的研究與寫作，是張大春近些年的重要工作。

漢字，具有工具美、藝術美、哲學美。以「佛」字看中國哲學，是「人」字與「弗」字兩部分組成的，「人弗為佛」，意思是人實際上是不能成佛的。再看「僧」，「人曾是僧」，意思是人都可以成為僧的。漢字，是中華文化的載體和人類文化的瑰寶，漢字反映了中國人的思維認知和價值取向，既是中國傳統文化的載體，也是中國傳統文化的重要構成內容。

心湖的水聲

選年度漢字：最富聯想的智慧漢字

　　香港司法改革成為當下社會熱話題。香港律師和法官的中文往往很差。上世紀 60 年代的中文運動，1974 年通過《法定語言條例》，中文才升級為法定語言。中文是中國的語言文字，特指漢族的語言文字。在漢字文化圈和海外華人社區中，中文也被稱為華文、漢文。漢字是中文的記錄符號。目前漢字總數已超過 8 萬，常用的僅 3,500 字。漢字起源於原始圖畫刻符，最早可追溯到 8,000 年前新石器時代的賈湖刻符。

　　北京好友、作家劉心武，又出了新書。近年除了長篇小說和兩部專著外，他曾把零散發表的文字，集成書冊：先是《潤》，再是《恕》，最新那本是《憫》。三文集書名都用一個中文字。他說「潤」，是一種風格。所謂「潤物細無聲」，在這喧囂的人間，把自己心語，飄灑讀者心田，起滋潤作用。他說「恕」，是一種態度。人生在世，愛不可缺，恨不可免，恨若失度，傷人損己。他說「憫」，是一種情懷。悲天憫人，是善的揮發，憫是同情，真正實施憫，不容易。

　　不記得從哪年開始，每到年末，海峽兩岸媒體和機構紛紛評選年度漢字。一個字，一種情緒；一個字，一

年記憶；一個字，彰顯一個時代的特點。人們根據一年內發生的大事要事，選出一個能反映全年熱點的漢字。

2020海峽兩岸漢字節在兩岸展開，並啟動徵字活動。主辦漢字節活動的兩地媒體，邀請兩岸36位知名人士，推薦他們心中能代表這一年兩岸關係的年度漢字。年度漢字票選分初選、決選，先投票選出10個漢字進入決選，再由民眾網絡票選，最終評選年度漢字。過往選出的兩岸關係漢字從2008年起，有「震」、「生」、「漲」、「微」、「平」、「進」、「轉」、「和」、「變」、「創」、「望」、「困」，從這些字可窺見兩岸關係的微妙變化。

今次，台灣國民黨主席江啟臣推薦「道」字。理由是：民進黨執政後，兩岸關係陷入停滯，期盼兩岸領導人能秉持「正道」精神，重拾老祖先「王道」智慧，找出兩岸關係發展的「中道」，為中華民族謀求繁榮昌盛的「真道」。台中市長盧秀燕推薦字是「變」，前立法院長王金平推薦字是「圓」，慈濟基金會證嚴法師推薦字是「善」……

道、變、圓、善，都是富有聯想的智慧文字。它的魅力就在於是最節省的詞構文字，像魔塊般，有那種神奇的組詞能力，漢字是民族文化的化石，卻有着鮮活生命的「你」、「我」、「他」。

漢字表義能力特別強，它像一幅圖畫，象形文字、

心湖的水聲

形意文字、意音文字，看慣這些字，目擊的瞬間就能萌發聯想。看「風」、「瘋」、「峰」、「豐」等字，一看就能理解其意義並產生想像它所表現的情境。如果是拼音文字「feng」，目擊它時人毫無感覺，思維也慢半拍。曾聽學者講述道，漢字是世上獨有的雙腦文字。語言邏輯思維開發左腦功能，而形象情感生活開發右腦功能，漢字組成的視覺語言，具備雙重功能，既促進概念邏輯思維發展，文字圖形又促進右腦想像和情緒活動。世界上的文字，或許可稱唯有漢字的書寫能發展為一門「書法藝術」。

當然，漢字也存在字形龐雜繁複，難認難寫，需要系統改革和創新，拼音文字也自有其優越之處。但不用否認的是，在方塊字中潛藏着深厚的文化意蘊、獨特的文化魅力。漢字之美，美在形體，美在風骨，美在精髓，美在真情。

從美國總統中文譯名說起

　　一個有趣的現象，40 年來全球首次對美國總統採用相同中文譯名。內地、香港、台灣都叫他拜登。上世紀 80 年代，美國總統，內地叫里根，香港叫列根，台灣叫雷根；接着的總統，內地叫布什，香港叫布殊，台灣叫布希。接着，香港和內地都叫克林頓，台灣叫柯林頓。接着，香港和內地叫奧巴馬，台灣叫歐巴馬。再接着，香港和內地叫特朗普，台灣叫川普。有人笑稱，如今對美國新總統兩岸三地都使用相同譯名，是不是有同屬一個中國的感覺？

　　說起名字的翻譯，取名還真是一門學問。曾聽過一趟文學翻譯講座，有這樣的個案：

　　英文名 IKEA，中文名「宜家」。據說，IKEA 的名字取自英格瓦・坎普拉德 Ingvar Kamprad 的首字母「I」、「K」，和他從小生活的農場和村莊的名字的首字母「E」、「A」。「宜家」兩字讓人聯想到家居，「宜家」和「IKEA」的發音相似，品牌的中文名有取自中國人「有宜室宜家」的說法。這「神級翻譯」真有一種被「點亮的」感覺，令人不禁叫絕，有文化還真不一樣。

心湖的水聲

英文名 Simmons，中文名「席夢思」。英文名是創始人 Axlmon Gilber Simmons 扎爾蒙‧席夢思的姓氏。「席」，指用草或葦子編織成片的東西，古人用以坐、臥。「席」代指牀墊，「席夢思」，舒服的牀墊讓人夢裏也思念。聽到這相似發音，又看到這三個字，腦海旋即有一種特別的畫面感，名稱和產品完美融合。

　　好的翻譯，能使短短幾個字的品牌名，既朗朗上口又能包含品牌定位、品牌氣質，讓品牌和它的知名度相輔相成。那些知名的國際品牌，中文品牌名大多做到「信達雅」，準確、明瞭、優美，音譯一致，神形俱備。

　　有個國家的首都，地名多達 172 個字母，音譯為 41 個字，「共台甫馬哈那坤棄他哇勞狄希阿由他亞馬哈底陸浦歐叻辣塔尼布黎隆烏冬帕拉查尼衛馬哈灑坦」，這麼一長串字，普通人讀下來舌頭都會打結。這座首都的名字譯成中文也就兩個字：曼谷。據說，這簡略版中文名的由來，跟華僑用語習慣有關。

　　記得，30 年前在上海採訪翻譯家草嬰。他說，無論「直譯」還是「意譯」，讀者看到的翻譯作品，都是譯者的再創作。在文學翻譯中，一個優秀譯者，總有他自己的翻譯風格和技巧。譯者本身也是讀者，扮演雙重角色。因而譯者在翻譯時必然經過以理解為主的分析階段，和以再創造為基礎的綜合階段。作為讀者時，譯者已經以自己的生活經驗為基礎，「對原作補充、類比、

改造」，因此在譯者讀完原作時，對原作的理解本身就已經和原作有了出入。譯者在作為創造者做翻譯時，必然融入自己見解。

有人將翻譯比作「帶着鐐銬跳舞」，但優秀的翻譯者並不因「鐐銬」而受過多束縛，甚至擺脫「鐐銬」束縛而勝於藍。《Waterloo bridge》的中文譯名為《魂斷藍橋》，就凸顯了影片中戰爭氛圍下的悲劇色彩；付東華將《Gone with the wind》譯為《飄》，用一個字傳遞了書中人物生如浮萍的感慨……

這些優秀譯作，都是譯者對原作創造性改造後產生的，融入自己的經驗見解和本民族文化，以更加符合中國讀者的審美標準。他們並沒有完全忠實於原作，而是在體味原作基礎上，保留原作的主體思想，用一種更能為讀者接受的角度作翻譯，尊重讀者的審美，令譯作廣受歡迎。當你觀賞外國電影、閱讀外國書籍的中文版時，有沒有思考過，這是跟原作不同的另一部作品呢？

心湖的水聲

作家書寫：鄉村是底色也是靈光

　　正在北京中央電視台熱播的電視劇《花繁葉茂》，收視率始終穩居第一，就連 B 站（嗶哩嗶哩文化社區網站）的年輕人也愈來愈追捧，這部電視劇吊起年輕人胃口。《花繁葉茂》獲得全年齡層的觀眾好評，恐怕不只是因為農村變美了，更因為奮鬥的過程變得生動有趣了……讓更多觀眾跟着「後浪」們，一起去村裏看看。

　　中國社會正處在劇烈變革中，無論城市還是鄉村。以往小鳥枝頭輕歌漫舞的鳴唱，已無法適應大時代一系列新變革的要求。目前，中國農村尚有 5 億 7 千萬人。中國有 3 萬多個鄉鎮，60 萬個村民委員會，317 萬個自然村。不過，當下的文藝作品對鄉村的敘述，幾乎都一個套路：「老齡化」、「空心化」。農村題材的小說，關鍵詞始終是「村長」、「寡婦」、「大黃狗」、「留守兒童」。那年年增產的糧食，是誰生產的呢？農民收入年年增長，又是怎麼回事呢？也經常聽到有人感歎「鄉村消亡」了。這簡直是笑話了，當下活着的所有人「消亡」了，鄉村都不會消亡。也有人感歎，聲稱是「傳統農村」消亡了，那麼，有人感歎過「傳統城市」消亡了嗎？沒有啊。

固定承載農耕文明的農村，開始嬗變為錯綜交織的新的空間地域：人員快速流動、文化碰撞交融、城鄉概念疊加、機會與利益衝突。農業文明與城市文明交匯融合，是一場更具顛覆意義的農村變革。舊有的一切經受着淘汰衰落的選擇，而鄉村生活裏新生事物層出不窮。作為時代歌手的作家，不應抱殘守缺視而不見。就像春天到來時，無論風雨寒熱，總會有種籽萌發出土。

剛剛讀了身在北京的女作家梁鴻《四象》，多年前讀她的記錄鄉村變遷的非虛構作品《中國在梁莊》、《出梁莊記》，新著繼續敘述梁莊生命個體的故事。梁鴻生活中的梁莊、吳鎮，是普普通通的村莊和縣城，中國正是由無數這樣普通村莊和縣城組成的。這部《四象》新書中，由 4 個人的交集牽引出梁莊一甲子的風雲舒捲，指向的卻是鄉村與城市的精神現實。梁鴻與梁莊始終保持着離開、回歸、再離開、又回歸的關係。讀她的作品，感覺總是哀痛沉鬱，這是她的精神底片。從梁莊出發，在故鄉的底色裏尋找更大的答案。這是梁鴻正在走的路。梁鴻對我說過，「書寫梁莊，更強化了我『梁莊人』的身分，這裏就是我的家，我們以為自己離開了家，其實稍微把眼睛往那個地方回望一下，會發現它在生命深處深深烙下印記」。

梁鴻第一次走進電影鏡頭，就是名導演賈樟柯的新片《一直游到海水變藍》。前不久，賈樟柯帶着這部影

心湖的水聲

片亮相德國第 70 屆柏林國際電影節。在這部長達兩小時的紀錄片裏，賈樟柯邀請生於上世紀 50、60、70 年代的三位作家賈平凹、余華和梁鴻，成為影片重要敘述者，各自講述他們所經歷的故事。他們在農村成長，從鄉村開始寫作，也一直在觀察農村、表現農村。這部紀錄片與鄉村有關，跟文學有關，令影片成為跨度長達 70 年的中國心靈史。

鄉土中國的生活形態正發生巨大斷裂。中國作家和導演用文字和影像記錄，為讀者和觀眾留下這個村莊，留下村莊中的人們倔強生活的印記。在梁鴻他們的書寫裏，鄉村是底色，也是靈光。鄉村的裂變正無窮期地推進，歷史視野下的鄉村書寫未有窮期。作家的腳力、視力、腦力和筆力仍在經受挑戰考驗。

文化大事件：中國網絡文學出海

　　籌劃香港書展講座，主辦方說能不能多增加一些網絡文學作家。網絡文學確實成為一大風潮，當下，網絡文學出海是文壇熱話題。提起兩岸三地網絡華人作家來香港講座，確實可以羅列一長串響亮名單，其實換一個角度，就請那個翻譯者、曾在美國外交部門工作的賴靜平，應該也話題多多：當年怎麼辭掉令人艷羨的外交官工作，為啥會專譯中國武俠小說和網絡小說，因譯《盤龍》大獲成功，怎麼會想到創立 Wuxiaworld（武俠世界）網站，每天吸引數百萬外國讀者，據我所知精彩故事一籮籮。

　　當今中國文壇展開一場「網絡文學是文學墮落還是新生」的討論，已持續幾個月。不能否認的是，網絡文學從當初的「海外桃花三兩枝」，發展到今日的「最美橙黃橘綠時」，一路走來，確實呈現不少奇花驚艷綻放的場景。網絡文學搭乘科技與市場的快車，在全球範圍迅猛躥紅，近年更形成一股世界性「追文」現象，網絡文學企業透過自建網文傳播管道，不斷優化海外佈局。目前中國網絡文學出海傳播範圍，已覆蓋 40 多個「一帶一路」沿線國家，上線英、法、日、韓、俄、印尼、

心潮的水聲

阿拉伯等 10 多種語種版本。

有學者作過分析，中國網絡文學出海發展歷程可分三時期：2007 年以前是萌芽期，2004 年，起點中文網開始向全世界出售網絡小說版權，接着，天下霸唱的盜墓尋寶小說《鬼吹燈》率先打開東南亞市場；2008 年至 2014 年是累積期，海外市場快速拓展，南派三叔《盜墓筆記》英文版等多版本，在亞馬遜平台上架銷售，中國網絡小說引爆越南市場，歐美翻譯網站建站；2015 年至今是發展期，俄翻網站、英翻網站紛紛建立，起點中文網海外版正式上線，推文科技自主研發全球首個網文 AI 智慧翻譯系統，中國網文海外市場規模愈來愈大。

艾瑞集團的「艾瑞諮詢」曾推出《2019 年中國網絡文學出海研究報告》。報告稱，中國網文海外市場的主要營收管道是付費閱讀和廣告收入，有 40% 的海外讀者願意接受付費閱讀模式，海外讀者較早養成付費閱讀習慣，網絡文學出海企業正針對海外用戶的不同層級拓展不同的付費模式。報告稱，中國網文出海的形式多樣，文學 IP 改編成電影、電視劇、動漫作品、漫畫等，海外網文讀者以男性居多，佔比超 6 成，女性讀者只佔 3 成 1，且 5 成以上的海外讀者年齡在 25 歲以下，男性讀者偏愛武俠仙俠題材的網文，佔比高達 9 成 1，而女性讀者則更愛看言情小說，佔比為 9 成 2。

「好故事」無國界，具有跨文化、跨膚色傳播的特

性，「好故事」擁有獨具魅力的中國文化元素，能被海外讀者廣泛接受，據專家預測，網絡文學出海的潛在市場規模，可望達 300+ 億元人民幣，潛力驚人。

20 世紀末，中國文壇最引人矚目的現象之一，無疑是網絡文學崛起，此乃少有先例的文化大事件。在學者圈流行說：中國網文與美國大片、日本動漫、韓國電視劇並稱為當代世界文化創意產業領域中「四大奇觀」。相較於傳統文學而言，只有 20 多年歷史的網絡文學，充其量也只是搖籃中的寧馨兒。但風風雨雨這 20 年，網絡文學寫手之多，受眾之廣，發展之快，令人稱奇。不過，各國各地區的不同文化和社會背景下，閱讀需求差異化，文本翻譯壁壘高，作品出海維權難，在「中國文化走向世界」的航向中，網絡文學出海也潛在各種激浪暗湧……

心湖的水聲

網絡文學：
歐美愛玄幻，東南亞愛言情

　　蒸汽與機械的浪潮中，誰能觸及非凡？歷史和黑暗的迷霧裏，又是誰在耳語？從詭秘中醒來，睜眼看見這個世界：槍械、大炮、巨艦、飛空艇、差分機、魔藥，占卜、詛咒、倒吊人……光明依舊照耀，神秘從未遠離。這一段傳說是網絡小說《詭秘之主》所描述的。這部小說連載期間創造了全球網絡文學訂閱紀錄，總閱讀量高達 2,500 萬次，擁有近 700 萬粉絲。

　　這部小說作者「愛潛水的烏賊」，原名袁野，29 歲，中國四川作家，閱文集團白金作家。閱文集團旗下網站的起點中文網，是作者夢開始的地方。他於 2013 年 10 月辭去工作，專職寫作，目前任四川省網絡作家協會主席。《詭秘之主》既蘊含東方人文思想，又具有世界風情，成為風靡全球的現象級作品，小說由新加坡和馬來西亞兩名國際著名譯者翻譯。11 月「2020 首屆上海國際網絡文學周」上，《詭秘之主》和「囧囧有妖」的《許你萬丈光芒好》，獲最受歡迎翻譯作品獎項。

　　《2020 網絡文學出海發展白皮書》前不久發布。截至 2019 年中國向海外輸出網絡文學作品已達萬餘

部，覆蓋 50 個國家和地區，2019 年中國網絡文學海外市場規模達 4.6 億元人民幣，海外中國網絡文學使用者達 3,194 萬。這一年翻譯網絡文學作品 3,000 餘部，從出海模式看，翻譯出海佔比 72%，直接出海佔比 15.5%。

據《白皮書》披露，隨「起點國際」和世界各地譯者合作，平台上線的中國網絡文學英文翻譯作品數持續增長，已超 1,700 部，如體現中國傳統文化尊師重道的《天道圖書館》，描述現代中國醫學發展的《大醫凌然》，還有《全職高手》、《放開那個女巫》等多元作品，海外目前點擊量超千萬的作品近百部，每天有 5 萬條評論。

文化魅力就蘊藏在一個個極具感染力的故事裏，故事為不同民族、不同國家的情感共鳴和文化交流構建起堅實橋樑。中國的網絡文學作品，已向大批國家授權數位（數碼、數字）出版和實體圖書出版，授權作品 700 餘部。其中《鬼吹燈》系列的英文版圖書已經出版；《全職高手》在日本紙質出版；《鬥破蒼穹》等授權韓文版；《將夜》等授權泰文版；《盛世茶香》等授權越南文版；《鬥羅大陸》等授權法文版；《盤龍》等授權土耳其文版……

從原著到 IP 改編成果的協同出海，正成為未來發展趨勢。不僅文學作品出海，IP 改編將文字透過影視

心湖的水聲

化等形式更立體呈現。國內爆款劇集《慶餘年》，海外發行涵蓋全球五大洲多種新媒體平台和電視台，海外粉絲一邊看劇一邊討論中國傳統文化；「一帶一路」蒙俄展映推薦片目中有《擇天記》；YouTube 等歐美主流視頻網站、東南亞地區各大電視台上能看到《扶搖》等諸多 IP 改編劇集……覆蓋漫影遊等不同形式的 IP 改編成果，持續擴大作品傳播範圍。

誕生於中國文化，又與生俱來地帶有跨文化傳播基因的中國網絡文學，正為世界帶來充滿活力的文化產品。中國網絡文學相對外國而言起步早，且發展迅速。出海是網絡文學產業板塊的新風口。正如中國作協網絡文學研究院副院長夏烈所言，未來網絡文學產業化發展的趨勢：一是免費閱讀，二是用 IP 思維做新文創，三是網文出海。可以說，西方至今仍沒有產生嚴格意義上的網絡文學。中國網絡文學在海外，從讀者群分析，歐美愛玄幻，東南亞愛言情。歐美更喜歡奇幻和玄幻類的小說，而東南亞很大一塊市場是給熱衷言情的女性讀者留的。

抗疫劇在路上：
影視圈最火的香餑餑

　　都說「青島贏了美國」。中國內地雙節長假後，中國山東省青島市疫情反復，發現 13 名新冠疫情確診者，不過很快確認源頭，即時啟動全市檢測，5 天完成 10,899,145 份核酸檢測，全部陰性，排除疫情社區傳播風險。全世界注目青島，而青島也用實力展現什麼叫「中國速度」。「5 天檢測全城 1,000 多萬人」，震驚世界。過去一周，美國平均每天檢 97 萬份，遠低於全美每天 150 萬份的檢測目標。青島平均每天獲得檢測結果約 176 萬份，在「中國速度」面前，美國輸了。

　　獲知青島完成核酸檢測消息時，我正透過網絡欣賞時代報告劇《在一起》。這部抗疫主題電視劇，由 10 個單元故事共 20 集組成，《生命的拐點》、《擺渡人》、《同行》、《救護者》、《搜索：24 小時》、《火神山》、《方艙》、《我叫大連》、《口罩》、《武漢人》。

　　10 月 8 日，由中國國家廣電總局組織，上海廣播電視台集結內地一線演藝人員參與的《在一起》正式收官，陪伴國人度過 8 天長假。《在一起》在全國 6 家衛視和 3 家視頻平台接力熱播。在中國視聽大資料平台，

山湖的水聲

《在一起》的回看使用者規模位居第一；在評分網站，它被 5 萬多名觀眾打出 8.7 高分；在社交媒體，相關話題的討論持續走熱，真實、細膩、動人的劇情頗獲點讚，網友紛紛留言看了該劇被感動落淚……《在一起》被稱為「年度最好哭的電視劇」，用高口碑、家國情懷感動無數人心。「如果奇蹟有顏色，那一定是中國紅！」《在一起》播出以來，觀眾的這句點評一再刷屏。

本質是電視劇，看似像紀錄片。取材自抗疫期間真人真事的電視劇，以紀實風格，藝術還原這場戰疫中普通人的善良與擔當。劇中很多人物都有現實生活的原型。《生命的拐點》單元中張漢清的原型，就是患有漸凍症的武漢金銀潭醫院院長、「人民英雄」張定宇。《擺渡人》中的快遞司機辜勇，原型就是武漢滴滴車司機王利。《同行》中樂彬的原型，是驅車回鄂參與救援的感染科醫生朱彬。劇中集合了奔走在城市各個角落的外賣小哥、快遞小哥、志願者。劇中沒有偉大英雄，而是以平凡人的視角，記錄最樸素、最平實的抗疫力量。

電視劇不是紀錄片，紀實風格所追求的真實，當是對生活提煉、昇華之後的藝術真實。《在一起》的成功密碼，是以「真實」破題。抗擊疫情的艱難記憶，深深刻印在每個人的生命裏。拉近與觀眾的距離，不只是時空距離，更是心理和情感。「近」是優勢，更是挑戰。如何將觀眾的知情變成共鳴共情，尤其考驗創作者的藝

術功力。

　　抗疫題材影視劇仍「在路上」，成了當下影視圈最火的「香餑餑」。由鍾南山題寫片名、內地首部反映抗擊新冠疫情人物事迹的電影《最美逆行》，率先於 8 月 10 日與觀眾「網上見」。抗疫題材電影《中國醫生》7 月開拍。《最美逆行者》於 9 月 17 日開播。抗疫電影還有《平凡世界之全民戰疫》、《笑着對你說》、《逆風而行》等；抗疫網絡電影有《疫戰》、《新冠愛情故事》、《疫囧》、《守望黎明的曙光》等；抗疫微電影有《一車口罩》等；抗疫電視劇有《120 移動急診室》、《生命緣》等。

　　問題是，一窩蜂湧現，能有多少觀眾會清楚《最美逆行》與《最美逆行者》、《疫戰》與《疫囧》這些抗疫題材影視作品區別在哪呢？

心湖的水聲

《七人樂隊》能對香港電影發展帶來啟示？

　　新興起的這種名為「拼盤類」電影模式，也在香港出現了：多位導演共同執導一部片子，每人拍攝其中一個單元。在中國內地，有《我和我的祖國》，7位導演分別取材共和國 70 年歷史經典瞬間；有《我和我的家鄉》，5 個獨立短片表達同一主題，日子愈來愈好了⋯⋯這類影片的票房都相當可觀。香港影視圈大佬也坐不住了，7 位導演合作拍攝一部「拼盤類」最強電影《七人樂隊》。

　　第 45 屆香港國際電影節組委會宣布，選定《七人樂隊》為 4 月 1 日雙開幕影片之一。作為一部全港星陣容創作，跨越 7 個 10 年的香港故事，從 1950 年到 2020 年的時間的橫跨度，表現當初的香港電影的故事；整部影片的背景都是香港，透過接地氣而鮮活的人物，展現大半個世紀的香港故事。《七人樂隊》無疑會給影迷帶來難忘的觀影體驗。據悉，影片也將於年內在全國上映。

　　濃濃的港片風，滿滿的膠片質感。這部影片由七導演聯合執導，他們是洪金寶、許鞍華、譚家明、袁和

平、杜琪峯、林嶺東、徐克，無一不是香港電影的代表人物，7人各自抽籤負責一個年代執導。導演們對應的小故事，分別是洪金寶的《天台練功》；許鞍華的《校長》；譚家明的《別夜》；袁和平的《回歸》；杜琪峰的《遍地黃金》；林嶺東的《迷路》；徐克的《深度對話》。據說，最初這部電影片名是《八部半》，因為導演有8位，那另一位是吳宇森，因身體健康原因退出拍攝。風格不同的七導演執導，就像7位出色樂手聚合一起，奏響讓人共鳴的美妙樂章。不能不提到，《迷路》是林嶺東的遺作，他於兩年多前去世了。

《七人樂隊》以香港為視點，七導演都經歷香港電影騰飛發展的那個時代，於是聯手謀劃拍攝一部影片向那個時代致敬。當年拍攝電影用的是全膠片拍攝；這部影片也採取膠片拍攝，向「膠卷」致敬。

跨入20世紀，香港電影開始萎靡，逐漸沒落，其後更被中國內地電影界趕超。其實，我們這代人當年就是在香港電影伴隨着成長的。就說那些寫進香港電影史上的經典台詞，可謂句句敲心，引發情感共鳴。記得，當年就評選過「香港電影經典台詞20句」，「香港電影史上霸氣10句經典台詞」……「做人如果沒有夢想，那和鹹魚有什麼區別？」（《少林足球》）「如果記憶也是一個罐頭的話，我希望這罐頭不會過期。」（《重慶森林》）「如果多一張船票，你願不願意跟我走？」

心湖的水聲

「如果多一張船票，你會不會帶我走？」（《花樣年華》）……

　　曾經是「東方好萊塢」的香港，一大批名聲響噹噹的電影人不時創造電影奇蹟，上世紀 90 年代的香港電影業更處巔峰。記得多年前參加過多場關於香港電影衰落的講座和論壇。香港電影是不是夕陽工業？香港電影不可能回到黃金時代了？香港電影究竟根本上欠缺了什麼？圈裏圈外人紛紛為它問診把脈：老導演不思轉型，短視而急功近利，影人青黃不接，技術投入少，缺乏新穎風格……最近，關於「香港電影工業是否已死」仍在網絡上時有討論，論點新意不多，只是修正為「香港電影如何轉型？」，「香港電影的市場究竟在哪？」人們關注的是，新一代香港電影能否運用好現有的意象符號，去發展出一種新的美學，更新文化的時態，《七人樂隊》在全國放映，能給香港電影業重生帶來啟示嗎？

國劇「出海」：
從「愛看」到「愛拍」

　　上海檸萌影視傳媒出品的熱播劇《三十而已》，要被外國影視公司翻拍了，還不止一家，有韓國 JTBC 電視台，還有越南、歐美等多國影視公司，國產劇被翻拍正迎來小熱潮。這些年來，國劇「出海」非常普遍，如今海外觀眾已經不滿足「愛看」，更啟動「愛拍」模式。

　　43 集的《三十而已》，以三位 30 歲女性視角展開，講述都市女性在 30 歲這一年齡節點時遭遇多重壓力的故事。該劇於 2020 年 7 月在東方衛視首播，騰訊視頻同步播出。僅在播出期間，《三十而已》即包攬從衛視到新媒體各大熱度榜單：該劇在東方衛視的收視率始終位列全國地方衛視同時段第一；在騰訊視頻上覆蓋用戶數達 1.3 億，總播放量 60 億；微博熱搜顯示，劇中人顧佳等人的命運引發逾 241 億話題閱讀量。

　　走出中國天地，抵達更寬廣地帶。套用那句台詞「無盡的遠方，無數的人們，都與我有關」。中國影視劇從早期的版權輸出、海外播出，到如今的海外買版權翻拍國產劇；從當年古裝劇輸出為主，到如今多種類型劇全面開花，被翻拍的速度也愈來愈快。《三十而已》

心湖的水聲

被韓國翻拍，源於這部國產劇已在韓國有極高人氣，該劇在韓國的網絡點擊率穩居前十。

影視劇翻拍，在業內並不鮮見。原作的故事內核「移植」到另一個文化背景中，透過再創作而重新演繹，與原作形成「你中有我，我中有你」的奇特現象。國產劇對外文化輸出的能力正愈來愈強，這不只是對一部電視劇的讚賞，也顯示中國文化不時提升輻射力，讓人看到現實題材中國故事的影響力。從「出海」劇碼的題材上看，海外觀眾不僅熱衷看中國傳統文化，也愈來愈關注中國人現實生活。以往是國產劇翻拍海外劇，中國翻拍過不少韓劇、日劇、美劇。近年，風向調轉，國產劇「出海」被翻拍成為常態，儼然有揚眉吐氣、文化自信之感。據悉，除了《三十而已》之外，2020 年另外兩部爆款劇《隱秘的角落》和《沉默的真相》也有望被翻拍。

其實，《三十而已》並非第一部被海外翻拍的國產電視劇。此前，已有一些偶像劇、古裝劇被國外翻拍過，就拿《西遊記》來說，國外翻拍多次。2016 年《步步驚心》「出海」，翻拍為韓劇《步步驚心：麗》；2018 年《犀利人妻》「出海」，翻拍為泰劇《妻子2018》；還有《致我們單純的小美好》被拍韓劇，《匆匆那年》翻拍為泰劇……

國劇「出海」是好事，但冷靜分析，國劇「出海」

往往繞了一圈，還是中國觀眾在買單，「出口」生意沒做起來，「內銷」成了潛規則。《步步驚心：麗》項目中，僅中國市場收益就覆蓋大部分製作成本，國際市場的整體發行收入中，大約 1/3 來自中國。該劇的中國播出平台為優酷，為拿下獨播權，優酷花費 800 萬美元，該劇的製作成本為 500 萬人民幣一集，僅靠大買家優酷給出的版權費用，這部翻拍劇就收回了逾 2/3 製作成本。這不難理解，為什麼泰國版《匆匆那年》、《我可能不會愛你》要先在中國首播，隨後才登陸海外國家跟播。

國劇「出海」被翻拍，為了保本，還是要先收割中國觀眾，再去征服海外觀眾，如此走出國門，被質疑打了折扣。「出海」被翻拍的國產劇仍局限在韓日、新馬泰。一些被翻拍的國產劇題材單一，偶像劇為多，指望這些談情說愛的電視劇弘揚中華文化，似乎還有不小距離。

心湖的水聲

中國電影票房首度全球「奪冠」

中國電影票房首次全球「奪冠」。中國內地電影市場 2020 年總票房達 204.17 億元人民幣（下同），成功超過北美 21 億美元，成為全球第一票倉。1 月 4 日，隸屬於中共中央宣傳部的國家電影局發布數據稱，新一年 1 月 1 日至 3 日，即元旦檔，內地電影票房達 12.99 億元人民幣（下同），打破 2018 年創造的 12.71 億元檔期票房歷史紀錄，其中元旦當日票房 6.01 億元，同比增長 107.12%，刷新 2018 年創造的 3.68 億元元旦單日票房紀錄。

剛剛過去的 2020 年，對中國電影來說，度過了最不平凡的一年。受疫情的影響，電影市場經歷着一場艱難的復甦、突圍和蛻變，電影產業感受着從創作、製作到發行的全鏈條震盪。

從國家電影局提供的資料獲悉，2012 年至今，元旦當日票房依次為：0.76 億元、1.34 億元、1.14 億元、1.89 億元、3.51 億元、2.68 億元、3.68 億元、2.39 億元、2.9 億元、6.01 億元。剛過去的這一年，中國電影有太多悲歡，在長達 18 年的時快時緩的持續增長後，中國電影第一次放慢腳步，讓人們難得體味停頓的意

義，疫情讓很多事回到原點，雖不算推倒重來，但能窺見初心。

據燈塔研究院和微博電影聯合發布的《2020中國電影市場年度盤點報告》（下稱報告），剛過去的這一年，中國內地電影市場總票房204.17億元，約合31億美元，國產片是票房擔當。報告稱，中國對於疫情有效管控成為影業復甦的首要元素，隨着全行業對國產電影不同題材類型的深耕和線上化持續探索，中國電影市場將為全球電影產業發展繼續作出貢獻。

報告稱，儘管疫情爆發對於影院發展帶來諸多影響，但2020年7月20日復工後，中國內地影院快速復甦，電影市場影院、銀幕數逆勢增長，其中影院數為11,856家，增幅達4.4%；銀幕數增長8.3%，達75,581塊，為行業持續恢復奠定終端基礎。優質內容依舊是影迷最大觀影動力。報告指，國產電影不負厚望，在這一年成為票房擔當。國產電影票房佔比為八成四，相比上一年的六成二有大幅增長。

全年排前十位的影片均為國產片，其中《八佰》以31.1億元票房居首位，《我和我的家鄉》和《姜子牙》以28.3億元、16億元票房分獲第二、三名。不少國產電影叫好又叫座，在口碑層面，淘票票評分前十影片中，國產電影佔8席。《我和我的家鄉》以9.6分高分成為年度口碑電影，《送你一朵小紅花》、《金剛川》、

心湖的水聲

《拆彈專家 2》、《緊急救援》、《奪冠》、《八佰》等國產影片均進入評分榜前十，國產電影無論是量還是質，都給中國電影市場注入一劑強心針。

有影評家指出，過去這一年有兩股製作潮流激蕩的雙峰並峙。為呈現出大銀幕的視覺效果，以《姜子牙》為代表的數字（數碼）特效和以《八佰》為代表的實景拍攝，在各自軌道上探索中國電影工業的標準化建設。動畫電影依然保持良好發展態勢。報告指，在《姜子牙》捧得年度票房季軍之外，多部動畫電影取得突破表現，春節檔已定檔的傳統 IP《熊出沒·狂野大陸》、《新神榜：哪吒重生》也有望繼續啟動動畫電影市場。傳統電影製片企業已率先感受變革：新片的宣發模式被顛覆，「短視頻＋直播」取代了「明星＋路演」，成為頭部影片宣發的標配。據國家電影局資料顯示，2020年票房前十的影片有 8 部嘗試直播帶票，官方抖音覆蓋率從七成增加到九成，直播買票帶動了二成五的新增用戶。短視頻平台在電影定價和流量分配方面的話語權愈來愈強勢。

據悉，過去這一年，電影發行端遭遇困境，上半年疫情嚴重時刻，全國影院關停。不過，據中國網絡視聽節目服務協會發布的資料，內地網絡視聽使用者規模突破 9 億，短視頻使用者時長第一次超過即時通信。線下放映還是線上直播，流媒體和電影院成為彼此競

爭的兩極。

據燈塔的盤點報告指，已積攢一年勢能的春節檔勢
必在 2021 年的開端引領中國電影全速啟航。

據悉，元旦檔主打影片《送你一朵小紅花》自
2020 年 12 月 31 日上映 4 天，票房已達 7.59 億元。影
片講述兩個抗癌家庭的生活軌迹，主演易烊千璽繼《少
年的你》後第二部大銀幕作品，這是導演韓延「生命
三部曲」的第二部……這些標籤紅紅火火，上映之前
沒有廣告也不做行銷，但票房頗佳而豆瓣評價也高達
7.6 分。

讓觀眾在電影院哭濕一個又一個口罩的《送你一朵
小紅花》，用導演韓延的話說，「先讓觀眾共情，再讓
他們思考」。不過，這部電影也有明顯不足。有影評
指出，影片是老套的抗癌故事，講述故事的方式也不
新鮮；全劇台詞太滿；作為一部取材現實的電影，片
中的世界和人物都過於理想化，過於完美。不過，瑕不
掩瑜。新年伊始，走出影院，人們依舊想把一朵小紅花
送給這部電影創作人員，帶給人間滿滿的愛。韓延說：
「2020 年過得太不容易，2021 年應該用一朵小紅花獎
勵自己，繼續前行。」「送一朵小紅花」已經成了當下
社會流行語。

心湖的水聲

書展戴上口罩：
願在書海遇到更好的自己

　　7 月中旬，香港書展能不能如期舉行？一旦舉行，今屆書展首度戴上口罩，會展中心書香也將伴隨搓手酒精味。香港每年最大型展覽書展雖是「搖搖晃晃」走來，突襲而來的疫情下，她畢竟沒有遲到，也沒有縮短逗留日子，於是翻書，買書，讀書的老話題又回來了。

　　疫情下談讀書，這幾天網絡上最熱的當數「農民工留言圖書館走紅」的故事了。因疫情影響，工廠停工，54 歲農民工吳桂春在廣東省東莞務工 17 年，如今失業了，決定返鄉。他打點好返鄉的行囊，便去東莞圖書館辦退借書證。他只有小學文化，卻愛看書，打工之餘常去東莞圖書館。他說，圖書館閱讀不用花錢。10 多年了，最初看報紙、翻字典，讀路邊小說，再讀四大名著，再研讀《資治通鑒》。

　　那天，排隊退辦讀者證時，他和前面的一位讀者聊起自己與東莞圖書館的故事，自己即將離開返鄉，有點不捨得圖書館閱讀的時光。圖書館一名館員無意中聽到他們對話，便希望他在讀者留言簿上寫幾句話。他興沖沖寫道：「我來東莞 17 年，其中來圖書館看書有 12 年，

對人百益無一害的唯書也……想起這些年的生活，最好的地方就是圖書館了，雖萬般不捨，然生活所迫，餘生永不忘你……」

短短一百多字的留言，讓人們看到這位農民工被生活淬煉後的那份溫和與堅定。這名館員讀了，感動了，拍照發到網上。殊料，這一照片和文字迅疾在各大網絡平台轉發，他的故事感動千萬人，網友跟帖如潮：「太勵志了，感動！」……東莞圖書館也作出回應：「感謝，我們一直在，等您再來！」

當地政府聽說了吳桂春的事，東莞人社局迅速多渠道聯繫企業，為他落實了一家小區物業管理綠化養護的工作。有了新工作，吳桂春喜孜孜到東莞圖書館重新辦理讀者證。他說，「讀書對我的心態和眼光都很有幫助，我現在遇事不會那麼暴躁，知識豐富了我精神生活。哪怕生活再不盡如人意，至少還有書籍。」吳桂春說，他圓了「書夢」，繼續在東莞打工和閱讀，他兒子上了大學，還是一名碩士畢業生。

至此，這段故事也算有了一個溫情的「閉環」。吳桂春能如願留在「萬般不捨」的圖書館，是所有人都希望的。人們也希望社會能創造條件，讓圖書館、書店、各種閱讀平台、大小書展，儘可能惠及每一個像這位農民工那樣渴望讀書的人。

透過書頁，可以認識不同的人、走訪不同的地方，

山湖的水聲

先天就會對不同的文化、家庭動態、人際關係有更多的了解。疫情讓這世上很多事情都按下了暫停鍵。但，對於人的閱讀，它卻無能為力。當世界紛亂，當你無處可去，閱讀，可以讓你平心靜氣。

　　記得有人說過，「人們說話少了，思想就出來了」。疫情的出現，改變了人們的交流與活動方式，而書本，依然靜靜地在那裏。宅在家，不妨拿起書，多翻翻，多看看。據統計，2020 年第一季度，中國人的閱讀時間，明顯有了增加，有意思的是，不少人喜歡在臥室閱讀。這大概跟疫情期間，大家有了更多閒暇時間不無關係。更多人，把讀書當成了與吃飯、睡覺一樣的生活日常。眼下，正是一個讀書的好時節，願你擇日走進香港書展，1 小時也好，2 小時也好，在書海裏遇到一個更好的自己。今年書展主題是：心靈勵志。這裏寫一句讀書的勵志話：只有一條路不能選擇，那就是不讀書的路；只有一條路不能拒絕，那就是讀書的路。

閱讀熱點：
虛構和非虛構疫情讀物

　　一年一度的香港書展，千呼萬喚始到來；書香伴隨着「消毒酒精味」。新冠肺炎疫情下，幾個月，宅家，斷聯，香港人有了更多閱讀的時間。與疫情有關的虛構和非虛構作品，已是出版界推出的重點出版物，也是讀者最熱捧的讀物。

　　疫情本身就是一部教科書。養生貴在養心，讀書須先靜心。今次香港書展主題是「洗滌心靈，鼓舞人生」。讀書正是一種建立內在秩序的方式，是調整心態、克制焦慮的重要途徑。如若在平時，很多人會因為工作、應酬而沒有太多時間讀書。疫情期間，大多數人都閉門不出，正是讀書好時候，更是深度閱讀好時機。處於相對封閉的環境中，閱讀不僅是消磨時間的一種方式，還建立起自我與外界的聯繫。

　　書展主辦方原本力邀中國工程院院士、呼吸病學專家鍾南山來書展參與「名作家講座系列」主講人，你知我知的原因，他來不了香港書展。與他有關的新書有三本：香港中和出版社的 21 萬字《我不過是一個看病的醫生——鍾南山傳》（作者：葉依）和《鍾南山談健康》。

心湖的水聲

另一本是上海文藝出版社的長篇非虛構作品、12 萬字《鍾南山：蒼生在上》（作者：熊育群）。

鍾南山，他一個人就是一座山，一座可以撐起人們內心希望的山，哪裏有疫情，哪裏就有這座山。兩位傳記作家的筆觸探入鍾南山的精神世界。疫情下的新聞名人鍾南山，被許多人視為「生命男神」：84 歲的年齡，40 歲的身體，30 歲的心態，如何做到？《鍾南山談健康》一書中，他坦言，「最好的醫生是自己，我的健康我做主」。書中，鍾南山提出諸多健康新理念，「20 年前的生活方式決定 20 年後的身體狀況」……他在書中提出了一些操作性強的自我保健和自我檢查方法。

新冠疫情發生以來，中國內地和香港各類出版機構已推出紙質書籍、電子書籍、科普折頁、繪本掛圖等出版物 300 種，涉及疫情防控、病理科普、心理疏導等內容，部分圖冊甚至出口到國外，參與「全球戰疫」。有廣東省農業科學院組織專家撰寫的《農村新型冠狀病毒肺炎防控指南》，中國出版集團世界圖書出版公司推出的《抗新冠肺炎心理自助手冊》……中國疾病預防控制中心編寫的《新型冠狀病毒感染的肺炎公眾防護指南》，早在 1 月下旬就由人民衛生出版社出版。此書聚焦疫情下公眾個人與家庭防護、居家醫學觀察、理性就醫、心理疏導等防治細節。此書包括圖書、電子書、網絡版讀物等多種形式，第一批圖書緊急送往武漢抗擊

疫情第一線，電子書、網絡版讀物在學習強國、健康中國、人衛健康、掌閱等多個網絡平台、微信公眾號公益傳播，為各地提供可印製的 PDF 版本。首印 10 萬冊，贈送給湖北和上海市民。此書由同濟大學附屬東方醫院臨牀心理專家緊急撰寫。

隨着新冠疫情在全球蔓延，中國的防護經驗受到海外關注，中國畫報出版社《新型冠狀病毒肺炎防護宣傳圖》，已翻譯成英文、阿拉伯文、波蘭文，在印度、沙烏地阿拉伯、黎巴嫩、波蘭等國推出。3 月下旬，由中方的寧夏真吶中巴文化發展有限公司推出的 2 萬份烏爾都文版的這一《宣傳圖》，已在巴基斯坦首都伊斯蘭堡的醫院、診所、藥店及人員聚集場所懸掛派發。

這幾個月來，疫情文學不僅出現在各類推薦書單中，媒體對相關內容的引用，也提高了這些書的曝光度。讀者身處疫情之中，疫情文學閱讀成為這個時期特殊的文化現象。身在湖北武漢的名作家方方的《武漢日記》60 篇，每天一篇，可以說是這場疫情中，最為火爆的幾乎人人爭先閱讀的作家文字。這系列日記英文等外文版先後出版，但在內地卻是禁書。武漢另一位作家、市文聯主席池莉身在疫區中央，寫過一部小說《霍亂之亂》，描寫災疫降臨之際的人性與人情。池莉的這部小說，在這場疫情中成了熱銷讀物。湖北作家胡發雲的《如焉》，是中國唯一一部講述「非典型性肺炎」

湖的水聲

SARS 疫情故事的小說。小說在 10 多年前被當局所禁，一時鬧得滿城風雨。當下疫情肆虐，很多讀者從網上重讀《如焉》。

畢淑敏的長篇小說《花冠病毒》，當年首印 40 萬冊，描述城市封鎖、民眾出逃、口罩緊缺、搶購成風……出版 8 年後的今天，書中的很多情形、很多細節，在今日現實中複刻一般上演，網友們嘖嘖稱其「神預言」。當今疫情下，《花冠病毒》一度登上熱搜，在舊書市場其價格一路攀升。在京東圖書，它的二手書價格高達兩三百元人民幣，其 2012 年 2 月首印版在孔夫子舊書網最高喊價已達 800 元人民幣。能夠為疫情應對提供人文經驗的，還有作家遲子建創作的《白雪烏鴉》，這部小說以 20 世紀初哈爾濱爆發的鼠疫為背景，展現了死亡面前堅韌豁達的人性。

2020 年春天，法國出版界驚訝發現，法國文學家加繆的著名小說《鼠疫》銷量突然上升，比 2019 年同期翻了 10 倍。在中國，加繆的《鼠疫》、加西亞·馬爾克斯的《霍亂時期的愛情》、理查·普勒斯頓的《血疫——埃博拉的故事》佔據了當當熱銷電子書前 20 位的 3 個席位。上海譯文出版社加印 5 萬冊《鼠疫》、5 萬冊《血疫》。在疫情初期重讀《鼠疫》的科幻作家陳楸帆說，人們可從書中所記述的大瘟疫中汲取力量和經驗教訓，進而反思自己的生活。

疫情來臨前，不少國人對閱讀可說有距離感，人均每年閱讀量僅為 5 本。隨着疫情的陰霾逐漸散去，國人的閱讀生活不僅要回歸常態，更要超越常態。在這個特殊時期，不少人在疫情中重新有了閱讀夢。廣義的閱讀並不只是讀書，每天不停地刷手機，關心疫情資料、新聞報道、個體記錄，也是閱讀。無論身處疫情之中，還是置於疫情之外，只要生活還在繼續，閱讀的需求就不會消失。

心湖的水聲

特色書店打開都市一扇窗

　　詩歌店一周歲生日，以詩之名相聚。「寫一首詩，為詩歌店慶生」，書店線上線下收到 100 多首詩作，有 50 位讀者走進詩歌店寫下詩歌。那是 2020 年 12 月 30 日，上海皋蘭路 16 號思南書局・詩歌店。

　　從視頻上看，八位不到 10 歲的孩子將他們的詩留在了詩歌店裏。高高的白色穹頂下，是稚嫩而真摯的詩句迴散，為詩歌店一歲慶生。6 歲女孩 Alisa 寫下詩句：「冬天的路 / 柳樹枯了 / 它思念春天的人 / 夏天的太陽 / 秋天的我們」。同樣 6 歲的萌萌寫道：「白白的雲朵 / 像軟軟的棉花糖 / 我抬頭看着雲朵 / 低頭想起 / 媽媽給我買的 / 棉花糖」。創作者躍動詩情，攜帶着從日常生活中「釀製」的蜜。詩人張定浩、韓博等嘉賓來到詩歌店，分享與「時光機」這一主題相關的詩歌，大人小孩一起用「詩歌」，為走完最後一步的 2020 年畫上詩意句號。

　　思南書局詩歌店被稱為「上海最動人的書店」。這家舊教堂裏的新書店，由上世紀 30 年代優秀歷史建築改建而成，面積不到 600 平方米，成了讀者閱讀詩歌、創作詩歌、分享詩歌的文化空間。它以「詩歌」為主題，

閱讀購書、藝術展覽、文創產品、經典誦讀、講座沙龍、社交休閒，是多功能於一體的公共文化空間。店內上架圖書以詩為主題，涵蓋詩集、散文、評論、傳記、繪本等相關書籍 1,880 餘種，共 6,300 多冊，不同語言的詩集就有千冊。詩歌店已舉辦各類線上線下活動 40 場。

都說，書店是城市靈魂。生活中有一個「簡單而粗暴」的方法：想要了解一個人，你只需問一個問題：「你最喜歡哪本書？」書則離不開書店。書店是一種重要的文旅資源。當下新冠疫情肆虐，出版業及圖書銷售頻受重創，傳統書店式微，特色書店卻強勢回歸大眾生活，成為各地文旅融合熱點。走進各類特色書店，感受全新生活方式成了一股潮流，成為城市旅遊熱門打卡地，走進城市街區小巷，透過文化場景的體驗，了解當地民俗和歷史。

國內書店「網紅第一家」當數 2013 年誕生於上海泰晤士小鎮的鍾書閣，被「書海」環繞的超現實感、古典與現代相融合的空間設計，讓它甫一問世便奪下「上海最美書店」的名號，迎來大批擁躉「朝聖」。開在杭州天目里的國內首家蔦屋書店，緊鄰西溪濕地國家公園，由 17 幢形態不一的單體建築圍合成一個城市廣場。進入蔦屋書店，享受日式美學和生活方式。北京市東城區創新的語文書店，是語文出版社向公眾展示和服務的窗口，獲得北京「特色書店」稱號。「語文大講堂」系

心湖的水聲

列主題活動，以「語言文字」、「傳統文化」為主線，邀請相關專家學者，以現場參與和網絡互動的方式，將文化課堂開到百姓讀者身邊。

在上海，特色書店就至少有 30 家：鍾書閣、幸福集薈、光的空間、城市不眠書店、綠瓦體育書店、大隱湖畔書局、玻璃宮藝術書局、志達天貓無人書店……忙碌了一周，躲進魔都的特色書店，打開一本書，靜靜地閱讀，面對無垠的時間。其實捧起一本書，即使不讀不看，只是發發呆，單純地聞着油墨、咖啡的香氣，也能放空自己。小小書店不僅僅是文化與旅遊的融合，更是食、學、行、遊、購、娛等功能的綜合體現。

人生海海。一本書便足以不斷拓寬內心的幅員，也可以找到靈魂共鳴之人。書店，閱讀文化的「掌燈者」。冬日寒潮下，總有暖意徐徐散發，特色書店的文化空間持續傳遞着春的詩意。

從李登輝愛讀書說起

　　台灣前總統李登輝人生謝幕，不說島外的輿論，就是島內對他的評論也是正反兩極，「台獨教父」，亦或「民主先驅」。他的「去中國化」的文教政策，仇中的兩岸政策，素來對他沒什麼好感。曾聽過他一次演講，引經據典，旁征博引，總以為是他秘書所撰。不過，台灣出版界的一位朋友說，不管你褒他貶他，你不得不承認李登輝的一生熱愛讀書。高齡的他，每天仍孜孜不倦地讀書，是領導人中學養最佳的。

　　多年前，看過台灣名導演吳念真主持的一個網絡節目，他邀請李登輝以「讀書」為主題作一場對談，他稱李登輝是他見過「最認真讀書」的政治人物。據李登輝身邊幕僚說，李登輝在接到邀訪時相當興奮，說人們都只想找他談政治，「只有吳念真這年輕人要和我談讀書」。李登輝寓所坐擁書城，他平時居住在台北市士林翠山莊，他特意將訪談現場放在平日不公開的書房，即桃園大溪的鴻禧山莊別墅。訪談中，李登輝說對他一生影響最大的有三本書，即湯瑪斯・卡萊爾的《衣裳哲學》、倉田百三的《出家及其弟子》、哥德的《浮士德》，這三本書都是講人活着的意義。

心湖的水聲

從李登輝以 94 歲高齡，還能與耶魯大學名譽教授合作出版有關物聯網主題書籍，便可看出其好學態度。台灣師範大學教授林保淳日前也撰文說，李登輝執政繼任，「在解嚴之後半年，各類書籍解禁，台灣社會迫不及待的汲取營養，書香氣息瀰漫」，「李登輝的功過如何，姑且不論，但他對台灣文化關注的熱誠，親自擔任文化總會會長，卻是令人感佩的」。

　　說起世界政要中喜愛讀書的人為數不少，可謂日理萬機，書香一瓣。想起 6 年前，美國前總統奧巴馬陪兩個女兒逛書店。他自己一下買了 17 本書，有小說，還有講中國發展的書。他被稱為美國戰後最愛讀書的總統。記得，有記者曾問俄羅斯總統普京，正在讀誰寫的書？普京笑着回答：「我正在閱讀哪位作家的書？我不會告訴你，免得引起搶購。」2012 年競選總統時的普京，就提出要為俄羅斯中學生推薦必讀的 100 本俄文著作，該書單因此得名「普京 100 書」。他喜歡讀俄羅斯和世界上的經典名著，不過，他通常不是「讀」書，而是用 MP3 來「聽」書。普京曾在一次記者會上承認他喜歡聽書。

　　在中國，毛澤東讀書很偏深，常有興趣讀一些在特定環境中流傳不廣的書。出身於書香門第周恩來讀的多的是散發古典氣息文化類的書。鄧小平是鬼書武俠愛好者，出門必帶中國和世界兩本地圖冊。學理工科的江澤

民被稱為「江博士」，他喜歡古典文學，國學功底深厚，他出任上海市長時，辦公室藏書 3,000 冊，數量僅次於前任市長汪道涵。胡錦濤愛讀普希金、托爾斯泰、高爾基的書。習近平曾說：「我愛好挺多，最大的愛好是讀書，讀書已成為我的一種生活方式。」他多次講述和書籍的不解之緣，講述他的讀書之道。

從領導人愛看的書中，能體現其執政的智慧，了解他們的讀書方式，也可帶給人們諸多啟發。人人都說讀書好，但真正把閱讀變成自己愛好的人卻不太多。今天疫情下，人們在家時間多了，國人崇尚讀書，家庭是重要單元，自古以來就有書香之家、書香門第這一傳統。讀書要成為一種生活習慣，沒時間讀書，不知道讀什麼書，這是常常聽到的說辭。時間是可以擠出來的，而選書更沒有想像的那麼難，關鍵是要真正行動起來。

心湖的水聲

從特朗普身邊人成為「作家」說起

前「白宮師爺」班農被捕，最尷尬的是美國總統特朗普。班農曾任特朗普首席戰略顧問，被稱作「白宮沙皇」、「影子總統」，這次被美國檢察官以「貪污」、「洗錢」等罪名起訴。這幾年，班農與特朗普時和時鬥。2017 年初特朗普上任，不到 8 個月，他就炒掉班農。翌年，美國記者邁克爾·沃爾夫出版《烈焰與怒火：特朗普白宮內幕》，這是揭秘特朗普在白宮的第一本書，該書與班農有密切關聯，他參與了沃爾夫的寫作，被指為「尋人代筆」，在書中向特朗普團隊發起「炮轟」。

2020 年 6 月，約翰·博爾頓的《事發之屋：白宮回憶錄》出版。博爾頓的經歷與班農有相似之處，2018 年 3 月，他出任總統國家安全事務顧問，一年半後被特朗普解僱。他的新書像一陣颳進白宮的颶風，讓特朗普難堪。特朗普直斥「書中充滿謊言」，「他應該進監獄」。博爾頓聲稱，「我的書將讓美國人民多了解一些事實，以便他們考慮 11 月（總統大選）該怎麼做」。

過了一個月，特朗普的侄女瑪麗·特朗普推出的新書《再多也不夠：我的家族如何造就了世界上最危險的

人》，出版經歷一波三折，仍按原計劃推出。和博爾頓的書一樣，兩本書都由西蒙與舒斯特出版社出版。瑪麗在書中稱，唐納德・特朗普不同尋常的性格和蠻橫粗暴的行為「威脅到世界健康、經濟安全和社會結構」。這本書在出版當天就在亞馬遜的暢銷書排行榜上位居榜首。

前不久，一位特朗普身邊曾經的親信、前私人律師 Cohen 也寫書《背叛：回憶錄》，揭特朗普老底。作者自稱是「除了他太太和孩子外，最了解特朗普的人」，很多年裏，他是特朗普「每天早上第一個打電話通話的人，也是晚上臨睡前最後一個通話的人，他每天要進出特朗普辦公室 50 次」。他說：「我能證明，特朗普出軌、撒謊、欺詐、霸道、種族歧視。」這幾年他和特朗普反目成仇，被判處 3 年有期徒刑。在獄中他寫書爆料，新書有望 11 月前出版。

在美國，與白宮、與總統有關的書籍，始終不乏銷路。無論 Cohen、瑪麗・特朗普，還是博爾頓、班農，都是特朗普曾經的「身邊人」。除了班農尋人代筆，博爾頓、瑪麗、Cohen 都成了親自執筆的「作家」，旨在對特朗普揭短，下筆攻擊。「身邊人筆下的總統」與「總統筆下的總統」形色各異，那幾個曾經的「身邊人」筆下的總統，卻令特朗普不淡定了。俗話說，身邊人都罵他，他就會走霉運。不知 11 月的總統大選，特朗普是

心湖的水聲

否幸運。

　　諸多美國總統「退休」後，喜歡自己動筆寫白宮生活回憶錄。這類書中，「代筆」橫行已是眾所周知的秘密。「退休」後的總統，不僅熱衷寫「白宮回憶錄」，更從寫回憶錄進入小說創作，克林頓與人合作，創作白宮題材小說《失蹤的總統》；吉米・卡特創作歷史小說《馬蜂窩》。

　　有趣的是，在華人圈，名人寫書，名人的「身邊人」也會寫書。但說白了，盡是「品牌延伸」，打着名人旗號深入挖掘市場潛力。當下，名人出書的風還在颳，名人的「身邊人」竟也難耐性子，藉名人效應，競相出書。記得，錢鐘書有句名言，「你吃了個雞蛋覺得不錯，何必認識那下蛋的母雞呢？」這種美德如今少見了。母雞下完蛋照例鼓噪一番，這完全能理解，可別的什麼大雞小雞公雞母雞卻跳將出來，硬是要沾點光，也成了文壇一道現象。

「療傷天后」格呂克療癒疫後人心

　　獲諾貝爾文學獎後的第一個清晨，美國女詩人格呂克接到第一個採訪電話，她不願接受採訪，顯然還處在睡覺未醒的懵渾狀態，後來答應就說兩分鐘話，「我們正在錄音嗎？我真的沒辦法開始正式談話⋯⋯這太突然了，我真不知道獲獎意味着什麼，這是一種巨大的榮譽。現在時間還太早，才 7 點鐘。我肯定有話要說，我會有很多想法的，但現在兩分鐘結束了吧？」格呂克結束聯絡她的第一個電話採訪。

　　格呂克是諾貝爾文學獎史上獲獎 113 人次中的第 16 位女性獲獎人，她的獲獎令很多文學圈中人覺得爆冷。10 月 8 日，瑞典文學院宣布，將 2020 年諾貝爾文學獎授予路易絲・格呂克 Louise Gluck。瑞典文學院常任秘書馬茨・馬爾姆在斯德哥爾摩舉行的新聞發布會上揭曉獲獎者時說，格呂克用她「樸實無華的，清晰的詩意聲音，令個人的存在普世化」。文學院在當天發布的新聞公報中說，格呂克並不屬於「自白詩人」，而是「追尋普世價值」，「她從神話和經典意象中汲取靈感，呈現在她大部分的作品中」。諾獎評審委員會評價道，童年和家庭生活，以及與父母和兄弟姐妹的親密關係，是

湖的水聲

格呂克作品中反復出現的主題。

2016 年，世紀文景、上海人民出版社曾出版格呂克的作品合集《月光的合金》、《直到世界反映了靈魂最深層的需要》。中國譯者柳向陽指出，格呂克的詩像「錐子扎在人心上」，大多探討死、生、愛、性等話題，而死亡往往居於核心。在首本詩集《頭生子》中，她就宣告：「出生，而非死亡，才是難以承受的損失。」

現居上海的作家、詩人趙松，第一次讀格呂克的詩歌是很早的時候了，只是幾首詩選。他說，格呂克給人的感覺是一種整體性，她的所有詩歌，即便你抹掉時間、打亂編排，依然能看到一種整體性和生長性。格麗克的詩歌不是一首首單獨排佈的，而是一個整體，有內在的關係和延展性。在寫詩的過程中，不管她使用什麼樣的題材和素材，你都能感覺到她不是在記錄某個時間或表達某種情緒，她給人的感覺是總在通往某個事件的途中。閱讀時，你會感覺是和她一起坐在一艘船上，一同渡過一條河，抵達對岸的某個事件。當你讀完後，你會感覺這個事件並不是這首詩本身，這首詩反而像是這些事件的預兆。這也是為什麼她的詩總有特別耐人尋味的角度。

北京著名詩人、學者、文化批評家葉匡政說，在疫病大流行的今天，諾貝爾文學獎評委選擇格呂克獲獎，是極有深意的。格呂克為了抵達未知，一直在去挖掘、

發現自己靈魂中那些未知的疆土。她的詩傳達出了人與人、人與自然、人與死亡某些最隱秘的關聯。葉匡政認為，「在格呂克的詩中，不難發現她對那些我們熟悉的事物一直保持着某種驚奇，像對世界的某種意外感受。這種驚奇感，只有在極深的孤獨中才能體會到。從格呂克的生活經歷可以看到，她似乎一直活在一種精神的孤獨中。於是，格呂克讓詩成為自己，成為自己的本性、全部的身心，成為整個靈魂自發的噴湧，這是一個詩人的最重要的特徵」。

格呂克 1943 年生於紐約一個匈牙利裔猶太人家庭，曾進入莎拉勞倫斯學院和哥倫比亞大學進修，但都未畢業。她年紀輕輕就在文學領域聲名鵲起。她 25 歲，即 1968 年出版處女詩集《頭生子》，迄今著有 12 本詩集和一本隨筆集，她曾獲普立茲獎、美國國家圖書獎、《紐約客》雜誌詩獎、美國全國書評界獎、美國國家人文獎章等，獲選為美國桂冠詩人。

1992 年格呂克憑詩集《野鳶尾》榮膺普立茲獎。詩集內容從過往的生活挫折與變遷，進一步探討改變乃至重生。例如在書中一篇作品《落雪》，她先寫主角在雪地中的絕望，「地球包圍我，我不想再醒來」，最後經一番掙扎，變成「在新世界的野風中喜樂」，成為格呂克的代表作之一。她的詩句淺白，能讓更多人共鳴，曾有評論認為「沒有一個字是多餘的」。

心湖的水聲

日本著名作家村上春樹，近年幾乎年年被列入諾貝爾文學獎熱門人選，但又年年落榜，今次再度令他的書迷失望。諾貝爾文學獎近年屢現爭議，2018 年評審機構瑞典學院捲入性侵及洩密風波，導致當年獎項延遲頒發；翌年獲獎者漢德克又因曾批評北約轟炸南斯拉夫，遭西方世界圍攻。

瑞典文學院常任秘書馬爾姆透露，由於受新冠肺炎疫情影響，今年文學獎頒獎禮和演講環節將改為遠端舉辦，希望明年能邀請格呂克去斯德哥爾摩。格呂克常強調，「我利用生活給予我的素材，但讓我感興趣的並不是它們發生在我身上」。她一直有意抹去自己的生活對讀者的潛在影響。除了早期 4 本詩集合訂出版時她寫過一頁簡短的作者說明外，她的詩集都只有詩作，沒有前言、後記，包括中文譯本。她在上世紀 90 年代初寫的那首《登場歌》，就對自己使命有清晰概括：「我為一種使命而生 / 去見證 / 那些偉大的秘密 / 如今我已看過 / 生與死 / 我知道 / 對於黑暗的本性 / 這些是證據 / 不是秘密。」

碎片化文化消費時代：
中國式脫口秀走紅

「連宇宙都有盡頭，但是北京的地鐵沒有」、「世界以痛吻我，你搧他巴掌啊」、「女人一過三十就不知道是該做自己還是做醫美」……這些在社交媒體網絡廣為傳播的金句，都源自脫口秀節目中。

在愛奇藝綜藝節目《奇葩大會》的舞台上，金句頻出而草根味濃濃的「辣媽」辯手傅首爾，每次出場都引發陣陣笑聲。36歲的她，資深廣告人，出版了兩部長篇小說的作家。她侃愛情、聊孩子、說職場、談人生，滿嘴油鹽醬醋茶。她這樣說愛情：「每一個愛過的人身上都有閃光點，你在愛情裏最難面對的，不是傷害，而是遺憾，你很遺憾錯過一個發光的人，他閃瞎了你，照亮了別人，你的狗眼很痛」。

傅首爾第一次登上《奇葩大會》舞台時，她這樣介紹自己：「我沒漂亮過，父母沒把我生成我想要的模樣，命運沒讓我成為我想成為的人，而我將來會過上令自己滿意的生活嗎？未知。生活的辛酸，從來不會因為我是誰就變少一點兒。但是，我所做的，就是把自己的悲觀說出來，並且從內心樂觀地看待這個世界。」

心湖的水聲

這《奇葩大會》是圍繞話題闡述觀點的一種模式，在笑聲中表達觀點。每一位選手透過演講方式，講出屬於自己的故事。另有一檔《奇葩說》節目。它與《奇葩大會》的區別，是一檔偏重辯論的節目，一場有意思、有娛樂的辯論，吸引人們去觀賞選手們唇槍舌劍或心靈雞湯。

《奇葩大會》、《奇葩說》都被視為「脫口秀」，還有《吐槽大會》、《脫口秀大會》等節目成為當下熱點。脫口秀主持人、演員以及民間段子手，擅長機智逗人笑，他們都是一人、一口、一話筒，全是玩語言文字的高手，讓人不設防地步入娛樂新生活。

中文互聯網語境下的脫口秀，已成當代青年群體最易接受的語言喜劇形式。這幾年來，發源歐美的脫口秀節目漸成中國民眾新寵。據統計，《脫口秀大會》第 3 季平均每期播放量超 1.1 億，節目播出期間共拿下近百個微博熱搜。京、滬、深等地的線下脫口秀俱樂部紛紛破土而出。脫口秀節目的贊助商品牌名單愈拉愈長，爭先恐後為幽默買單。

一項名為《中國年輕態喜劇受眾消費大數據報告》顯示，在當下快節奏生活中，近八成城市居民感受生活壓力大，綜藝和遊戲等休閒娛樂成為首選減壓方式。「笑點優先」的創作手法，消解脫口秀原初的時事政治評論元素。在英國美國，脫口秀來源於酒吧，叫站立喜

劇。它跟單口相聲有區別，單口相聲是講一個故事，脫口秀則是鬆散的，是伴隨廣播興起的談話類型。在碎片化文化消費時代，時長 100 分鐘的喜劇電影已屬嚴肅文學，一度興起的相聲則因囿於程式化表演而歸於傳統戲曲。中國式脫口秀以「單口喜劇」為表演基礎，以 5 至 10 分鐘、千餘字為時限，以現場聆聽觀眾的投票為依據，以嚴苛的選秀競賽為流程模式。

中國式脫口秀背後有「梗」文化在起作用，觸碰年輕人生活中諸多不可言說的痛點：對工作厭倦，對加班厭惡，奮鬥的艱辛，沒錢的困擾……這種切身感同身受，催生出特定的群體認同。在對生活和社會吐槽中，喜劇性退居二線，攻擊性「冒犯」佔據重要位置，「好笑」的評判標準讓位於情緒「共鳴」。中國式脫口秀恰逢其時，在中國走紅，「幽默是剛需」，透過共鳴幫人們消解生活的殘酷，即便只是一片「阿斯匹靈」。

湖的水聲

集美於一身的「崑曲＋」是一種生活

　　跨校開放課程《崑曲之美》，竟然成了粵港澳大灣區高校線上選修熱門課。由香港中文大學開設的這一課程，吸引超過 300 名學生選修。粵港澳大灣區有個高校線上開放課程聯盟，會員高校多達 82 所。灣區學生要進入系列大講堂，只需憑學校身分認證，登錄平台進入「添加學分課程」頁面選修。

　　跨入 2021 年，是崑曲被聯合國教科文組織評選為「人類口頭非物質文化遺產代表作」第 20 周年。崑曲，百花園中的一朵「蘭花」，發源於中國蘇州崑山，有 600 年歷史，在中國文學史、戲曲史、音樂史、舞蹈史上佔有重要地位。崑曲無他，得一美字：唱腔美、身段美、辭藻美，集音樂、舞蹈及文學之美於一身。

　　香港人提起崑曲，往往會聯想起作家白先勇。香港書展曾兩度邀請他來參與「名作家講座系列」演講嘉賓，2020 年 7 月書展原本還邀請他再來講座，他有新書為父親白崇禧作的傳記。可惜，疫情下書展一再延期。還記得，2012 年 1 月，白先勇在香港中文大學開講「崑曲之美」課程，第一場講座反應異常熱烈，現場

座無虛席,講堂走道上擠滿學生,一連七講,長達 4 個月。這一課程是繼北京大學、蘇州大學、台灣大學之後,於中大開課。

白先勇接受採訪時說過,「這麼多年來,我致力崑曲推廣,有人不解,我並非崑曲界人,為什麼一心推廣崑曲……崑曲是明朝國劇,獨霸劇壇 200 年。然而,到了 20 世紀,崑曲幾乎在舞台上銷聲匿迹。我製作青春版《牡丹亭》,冀望借這齣經典戲劇使這個衰微的藝術重生」。青春版《牡丹亭》全劇分 3 晚演出,每次 3 小時。在北京大學劇院演出時,2,100 個座位座無虛席,很多學生連續追看三天完整演出。在內地 30 多所大學演出,學生反響強烈。這是年輕人渴求傳統文化浴火重生。

歲尾年末,廣西師大出版社推出《我的崑曲+——津羽講崑曲》。這是一本鑒賞崑曲入門書。全書分起、承、轉、合四部分,從崑曲基本知識、經典劇碼講解、崑曲在當下文化環境中的作用,呈現崑曲的歷史文化、審美意蘊、當代價值。作者趙津羽是全國第一位職業崑曲推廣人。在傳授基本崑曲藝術知識的同時,也重在宣導「崑曲+」的藝術生活理念,將崑曲獨具的中國文化之美融入當代人生活。

當她第一次學習崑曲,就已癡迷不知歸路;當她第一次穿上崑曲戲裝,便體會到它舞袖翻飛的逸趣……崑

心湖的水聲

曲澎派藝術傳人趙津羽，幼年得益於京崑大師俞振飛的點撥，曾受教於崑曲武旦王后王芝泉，後拜在崑曲表演藝術家張洵澎門下。趙津羽飾演角色亮麗嫵媚，嗓音柔美清脆，極具人物塑造力。她獨創的「崑曲＋」推廣理念，是將舞台上藝術美學融入日常生活中。

崑曲＋，可以加什麼？「崑曲＋養生」，崑曲和瑜伽、太極有相同之處，靜可養神，動可養心，趙津羽編了一套四節的崑韻手指操，在老少群體推廣；「崑曲＋女性」，從閨門旦行當的舉手投足學起，與海派旗袍結合後展現女性婀娜多姿；「崑曲＋家教」，設計開發崑曲萌娃系列衍生產品，在孩子們心中種下崑曲種子；崑曲還可以和企業文化掛鉤，弘揚精益求精的匠心精神……崑曲帶給觀眾的絕不只是在舞台上的演出，更能帶領人們從一唱三歎中練就精氣神，構建自己的詩意生活空間。

崑曲，潤我心田、傳我美好、塑我精神。文化藝術的邊界，可以說是無邊無界的。

當故宮紅牆遇上維港碧波

當故宮紅牆遇上維港碧波，東西融匯的特殊魅力別有韻味。香港故宮文化博物館有望於 2022 年第 3 季開幕。遠觀香港故宮文化博物館，其主體外形彷彿中國古代的方鼎，「上寬下聚、頂虛底實」，凸顯厚重的歷史感。博物館外牆鑲嵌了 3,999 塊曲面鋁合金「琉璃瓦」，以獨特的肌理和色彩，襯托傳統中國文化內斂而華麗的氣質，以呈現流光溢彩、行雲流水的視覺效果。香港故宮文化博物館大樓的建築工程進展順利，目前正鋪設大樓的鋁質飾面幕牆及組裝內部機電設備，博物館可按原定計劃於 2021 年 11 月竣工，然後展開展廳裝修工程。故宮博物院的文物將可於 2022 年上半年陸續抵港。這是 2021 年 1 月 28 日，香港西九文化區管理局董事局舉行的第九十五次會議上透露的。

據管理局新聞中心透露，會上，管理局署理行政總裁馮程淑儀稱，在展覽策劃方面，博物館已展開九個開幕展覽的設計工作，並即將為展覽製作及多媒體展品設計進行招標。在完成展廳裝修工程後，故宮博物院的文物將可於 2022 年上半年陸續付運抵港。馮程淑儀表示，在展覽策劃方面，博物館已展開九個開幕展覽的設計工

山湖的水聲

作，並即將為展覽製作及多媒體展品設計招標。在完成展廳裝修工程後，故宮博物院的文物將可於 2022 年上半年陸續付運抵港。

　　故宮文化凝聚 5,000 年華夏文明之美。剛過去的 2020 年是故宮六百歲。紫禁城見證了 600 年歲月流轉，故宮博物院也沉澱了 95 載寒來暑往。故宮保存着古代中國最精華的文物，它們構成了一部可見的中國文化史。香港故宮文化博物館是傳統中華文化與香港都市文明的碰撞、交融與輝映。這座博物館是由北京故宮博物院和香港西九龍文化區管理局合作推動的文化項目，是北京故宮博物院境外首個故宮項目。這座承載着文化互鑒之美的香港新地標雛形初現，既傳統又現代，既厚重又簡約，將為維多利亞港畔增添一分亮麗色彩。

　　2019 年 4 月，香港故宮文化博物館大樓主體開工建設，2020 年 11 月下旬，香港故宮文化博物館舉行大樓主體結構封頂儀式。博物館佔地面積約 10,000 平方米，總樓面面積約 30,000 平方米，其中展廳面積約 7,800 平方米。特區行政長官林鄭月娥出席封頂儀式時表示，香港故宮文化博物館定位為一座世界級的中國文化藝術博物館，它背靠祖國，紮根香港，放眼世界，致力於推動中國藝術和文化的研究和欣賞，促進世界文明的對話。

　　香港故宮文化博物館將設有 9 個展覽廳，會有 5 個

專題展廳，展期為一年或以上，介紹故宮歷史文化。開幕展覽將會有800件來自北京故宮博物院的文物，包括宋朝的孩形枕、清朝的龍袍等，館方透露，頭一年將主要展出故宮展品，未來策展方向卻不限於此，定位上希望以當代及全球視野去講中國文化歷史的故事。另外，未來不排除與台灣國立故宮博物院，即台北故宮合作的可能。

香港故宮文化博物館館長吳志華說：「香港是祖國通向世界的『南大門』，連接中華文化與世界文化橋樑紐帶，香港故宮文化博物館的落成，一定能讓香港融入國內國際的文化雙循環。將來攜手合作，一起推動中華文化走向世界。」談及為何要在「東方之珠」建「故宮」，吳志華曾指出，一方面，北京故宮博物院需要開拓新的展示地點，拓展國際交流與合作，並提升其在國際上的影響力；另一方面，香港希望在本土文化藝術範圍以外尋找新的發展空間，香港故宮文化博物館正好彌補了香港現有博物館格局的不足，豐富了香港的文化視野。

吳志華指出，香港故宮文化博物館不是北京故宮分館，在營運及策略上是獨立自主的，在架構上屬於西九文化區管理局。它和北京故宮博物院的關係，是「夥伴合作的關係，可以說是朋友，也可以說是兄弟。他們提供展品給香港，將來節目上、展覽上需要專業意見與資

心湖的水聲

源，會協助香港。兩地會合作辦展覽、研究、教育活動，會合作展開對外交流事務，目標是用香港做平台，讓故宮文化在國際上面做得更好。

據悉，香港故宮作為世界級博物館，希望推動中國文化，推動世界文明的對話，將來也會做很多中外的主題展。香港故宮文化博物館的策展方向是「講故事」，希望香港故宮是鄰居父母子女阿叔都喜歡的，做到讓他們「把珍寶留下，把故事帶走」，以具香港特色，當代的教育、科技手段和講故事方法，讓大眾了解文物，再配合來自兩岸和外國五湖四海的研究員，用他們的國際視野去做博物館研究，香港故宮也可以成為學術研究的大平台。正如「就是敢言計劃」成員張思聰認為，香港故宮文化博物館將是香港融入「文化雙循環」的重要助推力，將來可與故宮博物院攜手合作，一起推動中華文化走向世界。

煽暴涉獨活動改頭換面以文化滲透

　　頌揚黑暴的紀錄片《理大圍城》竟獲准播映，香港特區政府電影、報刊及物品管理辦事處（即電影報刊辦、電檢處）審批電影準則遭質疑；民政事務局管轄的西九文化區的 M+ 博物館有展品被指影射反中；藝術發展局（藝發局）資助「黃絲」藝團近 1,800 萬港元……在香港《國安法》震懾下，「港獨」公開喧囂不再，街頭暴力遁形，但反中亂港勢力並沒停止其「煽暴涉獨」行徑，潛伏者改頭換面繼續以文化滲透。「愛國者治港」正成為社會共識，全國人大關於完善香港選舉制度的「三一一」決定，是對治港者的鞭策和敲打，是對治港者團隊全新的要求與期許，針對文化領域的正本清源已是當務之急，特區政府主管文化的部門和機構該如何反思，引發輿論關注。

　　被建制派視為黑暴製片機構「影意志」出品的「煽暴涉獨」影片《理大圍城》，近期竟獲安排於高先影院於 2021 年 3 月 15 日、21 日上映，令香港社會各界譁然。在強大社會輿論壓力下，在放映前三小時，高先影院及電影評論學會宣布取消這兩天的放映。不過，發行該電影的「影意志」辯稱這「並非禁片」，放映證依然生效，

心湖的水聲

亦沒有收到任何由電檢處發出的通知，於是欲補辦放映會，租用香港藝術中心播放，原定 3 月 16 至 18 日一連三天放映。但「影意志」突然向已購票觀眾發郵件指，香港藝術中心緊急取消場地租用，上映計劃泡湯。

2019 年 11 月，大批亂港者佔領及破壞香港理工大學，理大圍剿戰歷時 13 天，有近 1,400 人被警方拘捕，這一仗成為特區政府止暴制亂轉捩點。拍攝《理大圍城》的，自稱是一群「香港紀錄片工作者」的匿名人士。影片打着記錄「悲壯」歷史的名義，散播對特區政府及國家的仇恨，從黑衣暴徒的視角敘事，美化黑暴行為，混淆黑白，將之描繪為「香港人受極權打壓」，散播仇警理念，甚至有美化青少年使用具殺傷力武器的鏡頭，影片涉嫌違法。

這部公然為黑暴唱讚歌、被評為「三級」的電影，被披上「藝術」外衣。2021 年 1 月 17 日，第二十七屆「香港電影評論學會大獎」公布得獎名單，《理大圍城》被評為最佳電影。3 月 10 日線上錄播頒獎禮。影片拍攝者、製片人在發表「香港紀錄片工作者」得獎感言時，依舊發布涉嫌煽動黑暴和港獨言論。

2019 年 10 月起，那些在香港街頭打砸搶燒的港獨黑暴分子，佔領香港理工大學、香港中文大學、香港浸會大學、香港大學等大學校園，並在校園周邊設置路障、阻塞交通。港獨黑暴還在理大等校園內建立武器庫

及武器工廠，11 月 16 日竟然宣布成立香港國及「臨時政府」。三天後，香港警隊新一哥鄧炳強就職，立即發起「理大之戰」，一舉摧毀港獨勇武派勢力。諸多學者指出，《理大圍城》的拍攝者、製片方、放映的電影院及「香港電影評論學會大獎」，是公然挑釁和踐踏香港《國安法》。香港電影不能成為國家安全的法外之地。據多家媒體披露，《理大圍城》發行商「影意志」多年來發行多部涉嫌美化黃絲涉題材的電影，更有幕後團隊人員多次參與「黑暴」遊行，力撐 2020 年攬炒派的以奪取香港管治權為目的「35+ 初選」。這一群所謂電影人是「港獨電影圈」核心，與港獨前議員等極端港獨組織、港獨頭目關係密切。

香港影視圈、財經界名人冼國林是「冼師傅講場」網紅，3 月 15 日接受我訪問時，先談了電影申請批准上映的程序。他說，如果一套電影不準備在電影院上映只是發行錄影帶，發行商可直接將電影拷貝呈交淫褻及不雅品物審裁處（簡稱「淫審處」）審核。一般而言，淫審處就算覺得該電影屬於色情或不雅，如果不是太過分都會准許發行，只會要求發行商在錄影帶或刊物密封加上膠封套及列明不適合青少年便放行，所以行內人都說淫審處尺度非常寬鬆。但如果該電影被淫審處評定屬淫褻及不雅後，電檢處根據「電影檢查條例」第 8（3）就要拒絕該電影在電影院上映。

山湖的水聲

冼國林說，如果電影發行商直接將電影送去電檢處審核，電檢處會按電影發行商所要求之級別，由評審小組之檢查員去評審並作出決定。他說，「據說商務及經濟發展局有人表示電影並不受『淫褻及不雅物品條例』規管，而送交淫審處審核只屬自願性，好像事件完全與他們無關。這個說法完全是不負責任的。第一，由於《理大圍城》現時不只對入場觀眾有影響，它亦引起廣大市民不安。建議要求電檢處暫停該電影上映，重新審核以確定該電影並未有違反「電影檢查條例」第10（2）（3），並同時送交淫褻及不雅物品審裁處審核，以決定是否屬於不雅物品」。

他說，第二，根據第 2 條「釋義」，物品是包括任何物件，而該物件可供觀看、閱讀，包括任何錄影帶及電影。所以「淫褻及不雅物品條例」內之法規亦適用於電影。在此條例內列明除了第 36，36A 所指的海關人員及警察可執法外，第 36B 清楚寫明商務及經濟發展局局長有權委任公職人員為督察，該督察的權力和海關人員和警察一樣；如有合理懷疑有人已經正在公眾地方觸犯此條例，該督察便可檢取，帶走或扣留該物品並對有關人士採取法律行動。這已清楚說明邱騰華局長是絕對有權對淫褻及不雅物品執法。因此，執法人員如果有理由認為「理大圍城」屬於不雅物品，便可加以扣查及起訴有關人士。所以如果商務及濟發展局有人講這電影

所引起的社會迴響與他們無關，這就肯定是嚴重失職。

　　冼國林繼續說，「第三，如果這電影有煽惑他人憎恨特區政府、中央政府，或加深香港特區市民之間的不滿或叛離，它便有可能違反『刑事罪行條例』第 9 條及《國安法》21 條，警方國安處便可立案調查。如果有證據的話，可以向出品人、監制、導演及編劇等主創人員提出檢控」。「第四，由於理大暴亂案件仍在審理中，如果這電影有影響公眾對理大暴亂案的觀感，它亦可能影響法庭對該案件的判決。在這情形下，律政司有理由可以向法庭申請禁制令，禁止電影繼續上映，直至案件審理完畢為止」。

　　據悉，《理大圍城》於 2020 年 5 月首度在香港藝術中心的電影院放映時，仍只被電檢處評為 IIB 級，即青少年及兒童不宜，且僅屬勸喻性質。香港《國安法》於 2020 年 6 月 30 日生效實施，製片機構 7 月中再為影片申請電檢證明書，此時電影才被評為 III 級，即只准對十八歲或以上人士放映，並規定需在片頭加上相關告示「影片有部分描述或行為，根據現行法例可能會構成刑事罪行。此外，影片部分內容或評論，亦可能未獲證實或有誤導成分」，才可上映。多位香港法律界及立法會議員批評電檢處，稱既然已指電影內容有可能觸犯法例，為何仍批准電影上映，批評該處審批電影的準則有問題。

心湖的水聲

香港多家媒體近日披露，發行《理大圍城》的「影意志」三年來竟然獲藝發局資助逾 270 萬港元。不少「黃色電影圈」團體及個人，過去三年曾獲藝發局資助金額高達近 1,800 萬港元，除「影意志」外，還有糊塗戲班、天邊外劇場、同流劇場、光影作坊、香港文學生活館等。從藝發局官網公布的最新獲資助名單顯示，自 2020 年 6 月末香港《國安法》通過後，仍有涉嫌違反《國安法》的發行商獲資助。藝發局變相成為「黃電影」金主，有立法會議員批評指，此舉等同「用政府錢反政府」，作為香港政府指定全方位發展香港藝術的法定機構，應全面檢討，並立法嚴加監管。

　　作家、時評人屈穎妍說，《理大圍城》在戲院公映，一部犯罪紀錄，明明是呈堂證供，卻被拿到商營戲院公開放映，政府及司法系統對黃絲黑暴的傾斜又有一個現例。媒體人都知道，一宗已進入司法程式的案件，任何人用任何方式評論，都是妨礙司法公正，會被控藐視法庭。一齣站在暴徒角度拍攝的紀錄片，很明顯就有偏見，很明顯就是為罪犯漂白。「理大戰役」涉及的被捕人案子仍在偵查審理中，法官未判，公開放映一齣歌頌暴徒的紀錄片來影響大眾印象，那不就是徹徹底底的藐視法庭嗎？《理大圍城》已跟另一齣紀錄片《佔領立法會》在香港獨立電影節 2020 上映過，並被形容為「反送中運動的兩個重要事件」、「是極為珍貴的香港史紀

錄」。明明是 2019 黑暴中的兩大罪案，竟然可堂而皇之成為電影節劇目並在香港藝術中心公開上演。明明有暴徒射箭傷警察、有暴徒點火焚毀警車意圖謀殺，紀錄片卻說成是警察「不留活路的十面埋伏」。如此一齣資訊誤導的電影，隨時會影響將來大量案件的裁決，為什麼政府電檢處要做幫兇，批准影片在公眾放映？

立法會議員葛珮帆指出，對於有藝術團體製作反政府、煽動仇恨、宣揚暴力、逢中必反的作品，特區政府打着讓藝術工作者「自由創作」的旗號，不管不理，放任甚久，建議政府應盡快全面檢討，立法管制。日前她致函政府，要求盡快檢討藝發局架構及資助撥款機制，要求民政事務局局長徐英偉及藝發局代表出席立法會會議，對此作出交待。

位於西九文化區的 M+ 博物館將於 2021 年底開幕，其中有多項收藏品被指涉及反中及醜化中國的訊息。資料顯示，2008 年，立法會財委會向西九管理局撥款 216 億港元，用以發展西九文化區，這筆前期撥款其中一筆逾 12 億港元，用於購買博物館藏品。M+ 的館藏採取部分捐贈、部分購置的方式獲得，多項收藏品日前惹起公眾爭議，稱有不少藏品內容涉及仇視國家，羞辱中國政府，例如石心寧的《杜尚回顧展在中國》油畫，以醜化、詆毀國家領導人為主題；又例如藝術家艾未未的多幅照片，當中有人以中指指向天安門城樓，有他自

心湖的水聲

拍的裸照……不少人質疑，有關藏品涉違收藏政策操守標準，涉嫌違反香港《國安法》。新民黨立法會議員容海恩表示，M+博物館由公帑興建，不應展出任何對國家不敬的作品，並指社會現時出現爭論，有市民為此感到不安，建議先將相關作品抽起。

文化安全是國家安全的重要內容，世界各國的國家安全法都會涉及文化領域。當下香港當務之急，應盡快針對文化領域正本清源，處於輿論風口浪尖的特區政府主管文化的部門和機構該如何採取行動應對，引發輿論關注。

心湖的水聲

方方：再遭網暴被污衊背後主子是美國共濟會

　　撰寫《武漢日記》的湖北作家方方，再度遭遇新一輪網絡暴力圍剿。「互聯網熱點」、「民談天下」、「鐵血漢門」、「明德先生王昭」等微信公眾號和網民新近發表一系列針對方方的文章，不乏刻意竄改、捏造、誤導，透過個人想像，虛構事實，指鹿為馬，為謠言造勢。

　　先看看那篇《方方背後的主子是美國共濟會》3,800字長文。文章說，「這幾天，好久不活躍的方方突然又登上了熱搜，是因為英國廣播公司 BBC 將方方評定為『百名巾幗』大獎，並且由 BBC 指派專門的頒獎人前往方方在中國的豪宅頒獎」，「如果說對中國的圍剿是從外部，以國家的名義進行的。那麼，對中國內部的破壞則是通過不斷引誘、拉攏各色明星、文人、富豪等，破壞社會風氣，掌握中國經濟，逐步實施內部操控。其幕後操盤者，都是共濟會」。

　　文章發了多幅圖片，都與「共濟會」的標誌性符號、圖像有關，有「李宇春演唱會舞台設計獨眼金字塔標誌」；有「周杰倫的 666 獨眼共濟會手勢」；還有

「前幾年入會的范冰冰、楊冪、五月天」……「《某某選秀》、《中國好聲音》等就是共濟會贊助的。上面列舉的都是明星人物。實際上,被共濟會收伏和拉攏的中國文人數量也相當多。這裏可以明確點名的,就是作家方方」。

文章指出,「從方方豪宅傳出的照片可以看出,為其慶祝的人都是在蚣蜘(公知)圈裏混很久的名人,比如陳丹青、梁文道。方方全球出名,是因為 2020 年的特殊事件期間寫的日記……對中國的全民抗疫多有詆毀攻擊,不到一個月就被翻譯成多國文字,火速在全球出版」,「這本日記產生的巨大影響導致當時很多國家向中國索賠」,「七八個國家宣稱要向中國索賠,金額高達 200 多萬億元。這都是方方日記帶來的『顯著影響』」。

文章說,「指使方方的,是一個超級強大和可怕的組織」,「使得方方在經過網絡狂風暴雨般的轟炸之後仍舊安然無恙」……「這一次還真發現方方背後的真正主謀者和最終上線到底是誰。證據就出在方方本人曬出的那張英國 BBC 給其的頒獎合影上。這個主控者就是指使方方寫作各類日記的主要操縱人,即世界影子集團,以美國為總部的國際壟斷資本主義同盟共濟會」。

文章說,「這張照片在方方及其朋友的背後,桌枱

面上擺着一件特殊器物，猶太教祭祀宗教領袖的祭祀神器，其作用是用來收集各類猶太族群與神溝通的能量，通過金字塔獨眼崇拜和途徑，連結猶太上帝，來最終達到實現猶太復國主義的歷史使命。方方本人家中的這件神器是國際壟斷資本主義同盟共濟會進行神秘祭祀儀式的物品。其在方方家出現，個中內涵和意義不言而喻。事實上，先從一些文人、『思想家』下手，是共濟會的慣例動作。在搞垮蘇聯的過程中，這一套手法就運用得極為嫻熟。方方成為美國共濟會瞄準的重點對象，一點都不奇怪。國際壟斷資本主義同盟共濟會的真正可怕之處並非由於它一直像被廣為傳言的一個幽靈隱蔽的存在，而是在於它實際上是非常強大有力公開的跨洲際世界級組織。美國是目前國際壟斷資本主義同盟共濟會的大本營，這一點從美國建國開始就是如此。如美國國父華盛頓，就是共濟會大長老」。

引用了這麼多文字，想說的是全文盡是謊言。我聯絡了身在武漢的方方。她從來就沒有發過這張照片。她住在一位老同學家附近，老同學的姐姐艾曉明叫她去家吃飯，那天偶遇陳丹青、梁文道等文化名人。他們應該不知道會在這裏遇到她。所謂共濟會符號，是人家在以色列旅遊時買的旅遊紀念品。那時也根本沒發生什麼BBC會評什麼獎，根本不存在發獎問題。照片中的外國人也不是英國人。「造謠的人有多低級，幾行字全是

心湖的水聲

編造」。

　　過去的一年，對方方的謠言滿網飛。最初她還反駁，一來，她一發聲即遭全網刪除，她的反駁全被網管「和諧」，謠言卻依舊四傳。二來，謠言太多，她也懶得反駁。有個叫王昭的年輕人持續不斷實名舉報方方所謂諸多往事，如什麼擁有 6 套別墅，別墅才 55 元人民幣一平方米買來，更有諸多貪污行徑等。其揭露煞有介事，連續寫了數百篇文章以攻擊方方，官方據此嚴查，發現根本不是那麼回事，沒有找到任何能夠扳倒方方的證據。方方稱，「那個王昭，像流氓一樣完全瞎編，實際上就是我什麼違規的行為都沒有」。

　　當下，一些自媒體對方方的謠言，不僅沒有澄清事實而以正視聽，竟然還透過各種途徑作出虛假信息散佈。

　　有學者認為，當下「假新聞」氾濫，旨在吸引公眾目光的假消息，謠言多是一些不屬於任何傳媒的社交網絡平台發布的所謂「消息」，加上許多網友轉發，結果大量不實消息大幅快捷散播，破壞力驚人，假消息漫天飛舞。社會出現謠言時，按例由政府主要權威部門或人士及時發聲，同時靠各種媒體及時追蹤澄清事實。國家網信辦早已出台《互聯網新聞信息服務管理規定》、《公眾賬號管理新規》、《網絡直播新規》等，對納入失信黑名單的互聯網信息服務提供者和使用者，應實施

限制從事互聯網信息服務、網上行為限制、行業禁入等懲戒措施，立法立規，狙擊謠言，追查謠言，令造謠者付出代價。

心湖的水聲

方方：別墅事件調查結果「情況不屬實」

　　幾個月前被炒得沸沸揚揚的「方方別墅」事件，調查結果來了。「該信訪件反映情況不屬實，不涉及處理整改情況」。2020 年 10 月 5 日，湖北《長江日報》第 6 版在《省生態環境保護督察「回頭看」群眾信訪舉報轉辦和邊督邊改公開情況（第三批）》專題欄下，附登了「武漢市群眾信訪舉報和邊督邊改公開情況一覽表」，其中編號為（2020）23-069 案件，就有湖北作家方方位於武漢市江夏區藏龍島「水天居」的別墅的調查核實情況。有網民說，「方方別墅調查結果公布，狠狠抽了謠棍們一記響亮耳光」。

　　前湖北作家協會主席方方在疫情期間的 1 至 3 月，以日記形式記錄其見聞與感想的武漢《封城日記》引發一場風波，4 月以來在中國網絡上持續發酵而至今未息。方方不時受到部分網民的無端攻擊，所謂「別墅事件」就是其中之一：「方方的別墅可不是通過市場價購買的普通別墅，那是一棟特別有故事的別墅」，「其在武漢藏龍天水居的價值幾千萬的豪華別墅，在中國 95% 的人眼裏，是一輩子都不敢奢望的巨額資產」，

「想不到方主席不光是湖北省作協一把手，更是坐擁千萬資產的隱形富豪，這錢哪來的？」，「紀委必須盡速查清她的貪腐內情」……活躍在網絡上的一些人斷章取義，歪曲事實，惡意挑唆。

10 月 10 日，方方就調查結果對我說：「這件事我真是無語。網絡流氓以為製造輿情即可坐實謠言，他們這個策略是有效，但是他們真是打錯了人。感謝我的鄰居保留了所有的合同、辦理各種手續的憑據，以及我們在設計、建築、監理、評估等方面的各項協議和書面材料。說我的房子是『白菜價搞到手』的，怎麼我也前後花了幾百萬呀，這『白菜』真是太貴了。沒有錢，我才慢慢蓋慢慢裝修。想當年，朋友叫我出去玩，我說不行呀，我正在家裏寫馬桶錢。兩三部長篇稿酬都丟進房子裏了，居然還被說成是腐敗。想想 17 年前，我們那一帶還是荒野一片哩。無數冤枉，無數的無中生有的罪名，卻只能讓時間說話，這是我的無奈。他們對我的構陷正在一個一個地被破解。現在，只坐等拍火葬場手機照片的人自己把照片發布出來。」所謂「一堆手機散落在火葬場」的照片，是另一個造謠污衊、無端攻擊事件。

在今次披露的「群眾信訪舉報轉辦和邊督邊改公開情況」中，在「交辦問題基本情況」一欄：投訴人反映，「江夏區藏龍島玉葉路特一號別墅屬於違法建設，對湯

湖的水聲

遜湖造成環境污染和生態破壞，望有關部門能依法進行處理」。

在「調查核實情況」一欄：經調查核實，具體情況如下：「『水天居』項目於 2005 年 11 月辦理《建設用地規劃許可證》（證號為 [2004]508 號），項目用地總面積 109 畝；2006 年 7 月辦理《建設工程規劃許可證》（證號為 [2005]505 號），批准建設規模 52 棟 2-6＋1 層別墅住宅樓，總建築面積 44,672 平方米；其中 4 棟別墅建成於 2006 至 2008 年，均已取得房屋所有權證。按照規劃和建設要求，『水天居』建設項目的生活污水已接入市政污水管網，最終匯入湯遜湖污水處理廠處理後排放。」

在「是否屬實」一欄：「不屬實」；在「處理和整改情況」一欄：「該信訪件反映情況不屬實，不涉及處理整改情況」；在「問責情況」一欄：「無問責情形」。

大半年來，一大群人在網絡上「圍毆」方方，如今一紙「情況一覽表」宣告所謂舉報，只不過是徹頭徹尾謊言，不僅方方的作品在大學教材裏活得好好的，別墅也合法合規。有網民稱，真替這些當初面目近乎猙獰、呼天搶地「圍毆」方方的人臉紅。

當時，這些人信誓旦旦斷定：「你家的別墅，手續不合法，價格不合法，程序不合法」……「方方小產權別墅轉正獲利千萬」的討論話題，閱讀量一時竟高達

2.3 億。在多個大 V 的持續轉發下，「方方別墅」成了2020 年上半年最熱話題之一。由此開始，圍繞方方的人集體「高潮」，開始一輪又一輪撕咬，開始「拉大旗作虎皮」的各種炒作，國家監委、新聞聯播、武漢政府⋯⋯儼然是一幅全國高度重視、全民集體「圍毆」的架勢。

　　方方多次在網絡上公開過有關別墅的來龍去脈，稱自己既不違規，也不違法。方方還詳細「交代」了自己有幾套房子，都在哪裏，什麼時間買的，花多少錢買的，錢從哪裏來的。她說，「這原本是我的私事，我無須向公眾交代這些，但是我不說，謠言就永遠不止⋯⋯我還是懷着這份悲涼，把這些都說清楚」。但圍攻方方的人可不管這些，繼續開始各種各樣的「臆想」，這很符合網絡噴子的特點，不問事實，不要證據，集體意淫，然後單方面宣布勝利。可見，如果方方不出來回應，就是害怕了。如果方方回應了，就是不打自招了，就是要甩鍋了。這正是這些網民的邏輯。不過，對方方的構陷正一個一個被破解。正如方方所言：「無數的無中生有的罪名，卻只能讓時間說話，這是我的無奈」。

心潮的水聲

方方：捐出《武漢日記》九成稿酬痛斥網絡流氓

　　武漢作家方方兌現承諾，捐出《武漢日記》九成稿酬，達 120 萬元人民幣。據悉，捐款已經是 5 個月前的事，方方低調而不事張揚，只是 3 月 24 日是《武漢日記》的關鍵節點，一年前的這一天，2020 年 3 月 24 日，方方在當天的日記中寫道：「那美好的仗我已經打過了；當跑的路我已經跑盡了；所信的道我已經守住了。」那是日記的最後一篇。日記引發爭議，由此方方背負一身罵名。她也不明白，捐出稿酬的事怎麼會在網絡上傳出。

　　3 月 25 日，方方對我說：「其實去年 2 月我同意出版《武漢日記》時，就決定這筆錢全部捐出去。無論是國內或國外出版社的人，都知道這件事。西班牙版的翻譯也表示他的稿酬亦全部捐出（他後來也捐給了幫助我捐款的那家基金會）。很可惜，後來國內沒有出版，只有外版的。外版的發行量有限，稿酬並不算多。我是 2020 年 10 月 3 日匯出的錢，發票開給我時，是 10 月 21 日吧。捐出的，不是稿酬的全部，大概有 90％ 左右吧。算是第一筆。因為後面還有零星稿酬匯來，亦有一

些尚未匯到的。因為後面接續而來的稿酬不多，等累積一陣再捐給需要的人。這件事我只告訴了幾個同學和朋友。對我來說，捐這筆錢是件很容易做到的事，平時我也沒少做，所以也沒必要讓別人知道。但是有朋友披露了出來，我也無所謂。需要感謝捐贈過程中那些幫助我的朋友們。看看，我都不方便提他們的名字，擔心他們遭我連累而被挨罵。網絡流氓多而狠，他們以『扒』的手段，『扒』你及你所有的親朋，幾乎可以要脅到每一個人。流氓抱團，邪可壓正。」

方方說，「現在網絡流氓又在就此事叫罵。其實無論我做什麼說什麼，他們都叫罵，為什麼？就是因為我一直沒有屈服過。他們很不高興。他們那麼大的勢力，我居然敢不屈服。那些人被網管寵壞了，真拿自己當衙內，驕橫而霸道。其實，我從來不介意民間對我的叫罵，因為民間支持我的人更多。他們也會駁斥和回罵對方，甚至也可以像對方一樣去『圍點打援』。這個是極『左』勢力針對我公開提出的策略和口號。他們群起圍攻那些公開支持我的朋友，非常可怕。遺憾的是，權力介入了。權力壓制和刪除支持我的民間聲音，而特別庇護以及公開支持對我實施造謠構陷的極『左』勢力和網絡流氓，有的握權者甚至參與對我的詆毀。本可相互一爭的平衡被打破，導致一邊倒，只剩下無數辱罵我的聲音。所以，我始終介意的是權力之手。網絡上看似無盡

心湖的水聲

頭的對我叫罵，以及對支持我的朋友們的圍剿，說起來還是權力之手的刻意造就。是權力在清除理智的聲音，是權力在對我這一類堅守常識的人實施打壓。而我，或我等，只剩下無奈，也無語。把一切交由時間解決，都一年了。」

在網絡上，儘管很多人指責方方寫日記是為了牟利，但一年前方方在接受我採訪時就說：「《日記》所獲稿費將捐給這場疫情下遇難醫生的家屬，一分不留。」她做到了，120萬元人民幣稿費，在一個基金會的幫助下，方方捐出，方方兌現了承諾。有網民說，「一個誠信守諾的人是值得尊敬的，至少從這一點上來說，很多罵她的人應該汗顏」。

《方方日記》是中國作家方方於2020年1月至3月間，在新浪微博撰寫的新冠肺炎在武漢的記錄，以日記形式記載城中日常瑣事：食物、寵物、睡眠、朋友。她談到哭泣，談到國家的精神健康。她的日記關注她所住的大院之外發生的事情，講述了中國在疫情初期應對疫情不力方面一些令人不安的情況。作品涉及中國大陸疫情下她個人聽聞，引發巨大爭議。支持者讚賞其「獨立思考」，以及提供了「不同聲音」；反對者質疑《日記》中有道聽途說的內容。初夏，美國哈珀科林斯出版集團將該日記編輯成書，以《Wuhan Diary》（武漢日記）之名，用英語在美國發行。隨後該書亦以德文、日

文等語言在其他國家發行。

　　有熟悉方方的網友在網絡上說：儘管方方在網絡上被群毆，但依舊往來有故交，談笑有鴻儒。有在疫情期間送口罩的，有在疫情過後送茅台酒的。有網民說，「作為讀者應該感謝方方。一個健康的社會，不應該只有一種聲音。感謝方方，讓我們的社會多了一種聲音。」……在《武漢日記》的最後一篇裏，方方感謝讀者的支持和鼓勵，她說：「謝謝那麼多讀者的支持和鼓勵。無數的留言和文章，都讓我感到：哦，原來這麼多人和我想法一樣。原來我的背後並非空空蕩蕩，而是有一架又一架大山……」

心湖的水聲

姜戎：除了「狼圖騰」，天鵝也是一種「圖騰」

「還有8分鐘，還有5分鐘……4、3、2、1，解封。」這是2020年12月8日0時，位於上海浦東機場附近的祝橋鎮航城七路450弄社區，由新冠疫情中風險地區調整為低風險地區。從視頻上看，一位手捧紅玫瑰的中年男子引人注目，他姓馬。

之前半個月的那天晚上，營前村出現疑似新冠病例，當時在村外的馬先生接到妻子電話，妻子說：「我們社區被列為中風險地區，封閉管理了。」家裏還有兩個80多歲的老人，馬先生有點擔心，但仍寬慰妻子：「別慌，照顧好家人，封閉很快會過去的。」他在村外卻度日如年，14天終於過去了。他捧着一束紅玫瑰，對着視頻鏡頭說，「這段時間，內人照顧老人很辛苦，特地買了一束花送給她」。他說，婚前曾送過花給妻子，但結婚這32年裏再也沒送過。

社區門口，解封一刻，早早就來到等候的馬先生，終於見到妻子，送上鮮花，給了她一個熱烈擁抱；周圍「長槍短炮」記者記錄下這一刻，頓時響起一片歡呼聲，熱鬧場景堪比求婚。看到這段視頻時，我正在閱讀

新長篇小說《天鵝圖騰》。我眼中閃過的是馬先生夫婦這一對「天鵝」。

　　若問我最喜歡哪一種鳥類，回答肯定是天鵝。夕陽下的公園池塘，天鵝悠閒地游着。我站在池塘邊，木棧道的護欄外，人們圍着觀賞，有孩子嚷嚷聲，有大人說笑聲，還有池塘邊草坪上伴舞音樂聲，在熙熙攘攘的人間，天鵝卻不驚不忙，劃動優美身姿，自在游走。一種鳥類，竟能如此智慧雅緻。天鵝把不大的池塘，當作燈光下的舞台，雙臂一劃，就呈現優美，縱然不能起飛，卻也用靜美的氣度，征服身邊的人類。

　　我喜歡天鵝，還有一個原因。我女兒菲菲是澳門《水舞間》女主角，當年曾是香港芭蕾舞團首席舞蹈員，我最愛觀賞她出演芭蕾舞劇《天鵝湖》。這部經典劇作是世界最古典最華美的傳世傑作。女兒首演《天鵝湖》全劇是香港回歸那年春天，飾演《天鵝湖》的黑白天鵝，始終是她心中精靈。這一場淋漓盡致的演出，興奮的她跳得滿身是汗，白天鵝奧吉塔，黑天鵝奧吉莉雅，終於夢想成真。記得，演出是晚她接受媒體訪問時說，「夢是黑白的，但夢想是彩色的，夢想原本是幻化的，但夢想使人不斷出發」。

　　小說《天鵝圖騰》講述的就是一個「夢」。在天鵝起飛的天堂，以一個大膽的愛情故事為線索，奉上另一塊愛與美的生命拼圖。故事圍繞一段濃烈的愛情展開：

心湖的水聲

草原女歌手薩日娜命途多舛，將守護天鵝視為畢生信仰；鍾情於薩日娜的草原漢子巴格納，為心上人排除萬難，不離不棄。在愛情故事之外，作者細膩描寫了天鵝這一不為人熟知的草原生靈，再現神秘的天鵝湖，刻畫愛與美這一主題。摯愛是天鵝天命的唯一，專一是天鵝摯愛的心諾。在一場百年不遇的雪災下，一段動人的傳奇就此走向高潮。

作者姜戎暌違 16 年再獻重磅新作。他上一部長篇是《狼圖騰》，僅在中國銷量超千萬冊，被譯為 37 種語言，在 110 個國家與地區發行。《天鵝圖騰》是《狼圖騰》的姊妹篇。11 年的內蒙古插隊生涯，草原是姜戎創作的重要源泉。在姜戎眼中，蒙古草原上有兩個圖騰，狼圖騰和天鵝圖騰，是草原遊牧文化中最有精神價值的兩個圖騰。

「蒙古草原的愛與美，是每年早春北歸故鄉的天鵝帶來的」。小說以此開篇，再現這片傳奇土地的壯美。天鵝對美和潔淨的追求，對愛侶至死不渝的忠誠，對救助人真摯的感恩，化為草原上愛的倫理、美的圖騰。如果說《狼圖騰》是貝多芬，那麼《天鵝圖騰》就是莫札特。《狼圖騰》是一種「激勵」，《天鵝圖騰》則是一種「撫慰」。

人生不只有自由和剛勇，是愛與美讓人們靈魂完滿。姜戎在書的封面上有一段自白：「狼圖騰是黑色

的，天鵝圖騰是白色的……兩個圖騰像太極圖般交融。補上了這個空缺，總算了卻我一生的夢想與追求」。新冠疫情下，在這混沌的世界，《天鵝圖騰》是一份純白的贈禮，讓人們卸下心防，喚起心中失落已久的溫柔與純淨。如果你處在人生低谷，或是在不斷的追逐中失去自我，那麼這本小說一定可以一讀再讀。

山湖的水聲

姜戎：浪漫主義在當代中國文學正宗傳人

　　讀報，香港正能量故事。新冠疫情下，77 歲陳伯把愛妻從安老院接回家。他夫人曾患乳癌，後又得了認知障礙症，吞嚥困難，不能說話不能動，早些年無奈下入住安老院。他每天去探訪餵食，給她按摩，餵一餐飯要花兩小時。疫下院舍嚴禁探訪，他不放心便把愛妻接回家，獨自照顧。他自己也患有多種慢性病，靠政府綜援金過日子。他倆相依為命大半生，年輕時在廣州桄榔樹下，他許下一生「一條心」守護愛妻的承諾。如今在家，從早忙到晚，他說：「我不照顧她，誰來照顧她。她認不出我，只要我認得她就夠了。」

　　這一天，我正在讀北京作家姜戎的新長篇小說《天鵝圖騰》，走進他筆下的草原世界和與草原共生千年的天鵝王國，走進這片天鵝棲息地湧動的那段傳奇故事。看着報紙上陳伯夫婦的圖片，那動人一幕，我彷彿看到兩隻天鵝。

　　若說最喜歡的一種鳥類，我的回答肯定是天鵝。天鵝，一生高傲，一生相守。白天鵝那一片片羽毛沾濕湖水而蕩開漣漪那瞬間，宛若一枚枚浸濕而攜帶水花的音

符，跳入人們溫暖心房，駐足心靈深處。天鵝身上有一種寧靜氣質，品性特別，善於飛翔，一旦寧靜，就貴氣浮現。天鵝往往安於環境，不過分執着，不論身處何地都能優雅生活。

小說《天鵝圖騰》講述的是的草原女歌手薩日娜和草原漢子巴格納不離不棄的愛情故事。伴隨着愛情故事，作者細膩描述天鵝這一少為人熟知的草原生靈，再現神秘天鵝湖。作家採用人鵝交融的手段，刻畫愛與美這一主題。天鵝的一生，在確定伴侶後，通常就不會改變。天鵝生命可長達四五十年，20多歲時天鵝因翅膀無法支撐長途跋涉，最終只能凍死在冬季湖面上。當天鵝伴侶中有一隻不能飛行時，另一隻也不會獨自飛離，哪怕它明白留下來的後果就是凍死在寒冷的冬季，也不能改變天鵝對伴侶的忠貞。

你或許會說，不知道作者姜戎是誰，但如果說他是寫小說《狼圖騰》的那位作家，你或許就不會陌生了。2004年，《狼圖騰》一出版旋即奇蹟般席捲文壇，讓姜戎一舉封神，創下中國地區超500萬冊的傲人銷量，被翻譯為37種語言，在全球110個國家和地區發行，成為一部成功走向世界的中國文學作品。中外讀者透過這本書，第一次走近神秘又壯闊的草原，重新認識狼這種動物。書中對自然和勇氣的歌頌，跨越了時間與國界的藩籬。早幾年由小說改編的同名電影，是中國與法國

心湖的水聲

合拍的冒險劇情片，採用 3D 實景拍攝，歷經 7 年籌備，僅僅養狼一個環節就耗時 3 年。

時隔 16 年後，讀者終於等到姜戎的第二部長篇小說《天鵝圖騰》，由新經典文化出版上市。《天鵝圖騰》是《狼圖騰》的姊妹篇。正如姜戎所言，《狼圖騰》是自由剛勇的極致；《天鵝圖騰》是愛與美的極致。這兩個圖騰給了他追求極致的力量。「天鵝是比狼更早走入內心的『圖騰』，去內蒙古大草原插隊的原因之一，就是被天鵝所吸引的」。

可以說，姜戎是浪漫主義在當代中國文學中正宗傳人。10 多年過去了，他筆下的柔情又一次讓讀者感動。姜戎嘔心瀝血，耗時 16 年創作的《天鵝圖騰》，深藏着一股原始生命力，讀者或許很少能遇到這樣一部讓人卸下心防，盡情領略生活之美的小說了。不過，現實生活中陳伯與愛妻「桄榔樹下一條心」的故事，就具有如此率真之美。

梁鴻：從「梁莊」出發，看清當代中國農村細節

　　全國上下都在說「脫貧攻堅」、「鄉村振興」，中國社會的基礎形態是鄉村，民族共有的「文化根」和「價值池」也在鄉村，鄉村發展的文化活力成為輿論聚焦點：桂西北作家扶貧題材小說敘事成熱點，視頻博主李子柒的田園生活美學成為治癒身心選擇，頻頻被打卡的「網紅」鄉村民宿，在網絡文學中佔據一席之地的「種田文」等現象；2020 年，國家廣電總局公布 22 部脫貧攻堅題材重點劇目《一個都不能少》、《花繁葉茂》、《最美的鄉村》、《遍地書香》……身在北京的學者、作家梁鴻新作《梁莊十年》，以相對完整的「村莊誌」，記錄時代內部的種種變遷，從「梁莊」出發，有助看清當代中國農村的細節，從而引發文壇內外的關注。

　　《梁莊十年》由理想國・上海三聯書店 2021 年 1 月推出。梁莊，河南省穰縣的一個小村莊，因為梁鴻的非虛構寫作，它成為內地讀者熟知的鄉村之一，成了全國有影響的明星村。梁鴻透過自己的寫作不時將村莊發生的事情告訴讀者。她的梁莊系列寫作是文學者的紀

心湖的水聲

實。她要替「故鄉」和「故鄉的親人」立一個小傳。梁莊也成就了這位作家，梁莊成為梁鴻的文學生產基地，她一連寫了不少以梁莊為背景的文學作品，既有非虛構，也有長篇小說，有《中國在梁莊》、《出梁莊記》、《梁光正的光》、《四象》等。10 年之後，她再次回到故鄉，續寫當年《中國在梁莊》中那些人和事。此次回歸，梁鴻用全新的視角重新審視了自己的家鄉，以細膩的描寫和敏銳的洞察，將梁莊的人們再次帶回讀者視野，並借由對他們生活的追溯，描摹出一個普通村莊綿長而有力的生命線。這生命線既屬於那些「生於斯、長於斯、死於斯」的人們，也屬於身處同一股時代洪流的人們。中國的「梁莊」很中國。

她說，「時間的長河，生命的長河，一切都浩浩蕩蕩，永不復返。湍水，抽象的，也是具象的河流，承載了一代代人的到來、成長和離去。我想寫出這長河般的浩浩蕩蕩的過程，想讓每一朵浪花都經過陽光的折射。這也是《梁莊十年》最根本的思想起點和哲學起點」。

曾聽她說過兩個梁莊的故事。2020 年 7 月，她又回到梁莊。她發現梁莊村西頭有一座高大的歐式洋房，站在四樓的豪華陽台上，左邊可俯瞰綠意盎然、一望無際的河坡，右邊可俯瞰整個村莊的房屋，它開拓了梁莊新的高度，庭院四周是月季花、凌霄花，院子是時尚院林設計，灰色大理石圍牆、羅馬柱、假山、草地。世界

元素已囂張且牢固地紮根在梁莊。打開房門，左側客廳的正牆上掛着三個巨幅照片，分別是這座房子主人的曾奶奶、奶奶和爺爺，他的爺爺就是梁鴻在《中國在梁莊》和《四象》中都寫過的原型，基督教長老韓立挺，方圓幾十里都出名，奶奶是一個婦產科醫生，慈祥溫和。客廳放着墨綠色真皮沙發，周邊是北歐風的雕塑、擺件、畫作等。當時梁鴻很震撼，一座如此現代的房子，裏面最顯著的地方，掛着身穿上世紀服飾的老人照片，客廳的人，不管走動到任何位置，都能感覺到三雙眼睛的追隨。特別衝突，又特別和諧。這究竟意味着什麼？她被這座房子給深深迷惑了。

　　另一個故事是關於她的五奶奶。2020 年 11 月，她又回梁莊。五奶奶沒在村頭紅偉家門口聊天。這是一個很大的變化。原來五奶奶骨裂了，躺在牀上不能動。她到屋子裏看五奶奶，躺在牀上的五奶奶愈發矮小了，白髮蓬亂着。她抓住梁鴻的手就哭着說，「你看你奶奶成啥樣子了啊，79，扭一扭，閻王爺要來把我抓走了」。梁鴻說，「那不也是沒扭走你嗎？以後你還要長長遠遠地活呢」。「可是我疼得受不住了啊，我精神都快失常了。」聊了一會兒，說起家長里短，五奶奶又恢復了響亮的腔調，依舊樂觀自嘲。可是，梁鴻在走出屋子的瞬間，想到把她一個人留在黑暗的屋子裏，突然有些悲傷。孤獨、衰老、恐懼，這些人類最根本的東西正在降

心湖的水聲

臨這個堅強的老人。

　　她說這幢房屋和五奶奶的故事，正是想說為什麼要再寫「梁莊」，她思考的是：「梁莊」新的表現形式在哪裏？新的思想和新的哲學在哪裏？從結構而言，《梁莊十年》仍以個體生命故事為基本內容，他們的出生、成長、死亡是最值得書寫也最迷人的事情；其次，也會把「梁莊」作為一個有機體，它的某一座房屋，某一處花園，都是生機勃勃且意味深長的事情，值得細細道來。

　　從 2008 年以來，梁鴻保持着一年回故鄉梁莊兩、三次的節奏。在村裏，在村莊路口，她與中老年、青少年一起聊天、吃飯、打牌，一切都回到了最初狀態。她和梁莊的關係變成了一個人和自己家庭的關係。開始是父親梁光正陪着她，父親是村裏的「活字典」，他陪着梁鴻到各家去閒聊，還去北京、廣州、東莞、青島、西安等地採訪三百多位鄉親，到他們租住的城中村，與他們同吃同住。2015 年父親去世後，梁鴻的姐姐們繼續陪着她採訪。

　　梁鴻說，「中國當代村莊仍在動盪之中，或改造，或衰敗，或消失，而更重要的是，隨着村莊的改變，數千年以來的中國文化形態、性格形態及情感生成形態也在發生變化。我想以『梁莊』為樣本，做持續的觀察，10 年，20 年，30 年，直到我個人去世，這樣下來，幾

十年下來，就會成為一個相對完整的『村莊誌』，以記錄時代內部的種種變遷」。

北京文學評論家賀紹俊認為，梁鴻一雙思想的眼睛非常銳利，這緣於她是一位優秀的學者。她研究文學，有着濃郁的人文情懷和社會擔當。當她作非虛構或小說創作時，她仍然沒有失去其學者身分。「我由此更願意將她的非虛構文本視為她的另一種學術研究方式。她回到家鄉梁莊，面對熟悉的山水和親人，不僅有一種情感的交流，而且還會因此而啟動她的學術思想終端，於是梁莊的人和事都成為了她進行思想闡釋的入口。」

我由此揣摩，梁鴻便是以這種怎樣看世界的方式進行《梁莊十年》的寫作的，雖然她的情緒在梁莊時時都會處在興奮之中，但她從來不會閉上思想的眼睛，哪怕最不顯眼的日常細節都有可能擦亮她的思想火花。

心湖的水聲

梁鴻：讓「梁莊10年後」成為一個開始

　　這場新冠肺炎疫情襲來時，梁鴻正在寫作，寫一個非虛構的女性故事。疫情下，每天看到那麼多和自己息息相關的生死離別，無助、恐慌，每個人都很慌亂。她說，「每天看各種新聞，都是淚流滿面的，很心痛，又不知怎麼辦」。她忽然想，寫作到底在幹嗎？在人類大災大難面前，似乎所有的日常生活都變得輕飄飄，喜怒哀樂也毫無價值了。她有兩個月沒寫作了。

　　她看到導演賈樟柯的微信朋友圈，賈導每天上午3小時寫作，下午3小時剪片，晚上跑步。梁鴻看到賈導依然生活得有滋有味，特別羨慕。第二天，第三天⋯⋯她看到賈樟柯天天如此，突然有一種特別穩定的心緒湧動，「在這樣大的晃動之下，一個人還能保持自己的日常性，體現出一種尊嚴、一種勇氣」，「想到此，我安定下來了，感覺不那麼慌亂了」。

　　梁鴻說，疫情給每個人都帶來影響。每個人都在這個巨大的晃動之中分化、改變。「我想，對一個寫作者而言，這是必須要面對的現實。不管遭遇什麼，我們還要寫作，還要生活，還要把自己打扮好，還要做好一頓

飯，還要去哭、去愛。當世界大秩序、大格局改變之後，要重新審視我的寫作，對得住我所書寫的大災難下的這個時代。」

4個多月前，賈樟柯帶着新片《一直游到海水變藍》亮相德國第 70 屆柏林國際電影節，這部長達兩小時的紀錄片裏，梁鴻是主角之一。影片由她和賈平凹、余華等四個四代作家接力講述 70 年的中國農村社會，講述他們所經歷的故事，注視社會變遷中的個人與家庭，讓影片成為一部中國心靈史。梁鴻生活中的梁莊、吳鎮，是普普通通的村莊，梁鴻一直堅持用腳步與目光丈量，為讀者留下這個村莊，留下村莊中的人們倔強生活的印記。在梁鴻的書寫裏，鄉村是底色，也是靈光，更強化了她「梁莊人」的身分。作為一個女性作家，梁鴻以自己獨特的角度，回憶曾經的那一段歷史，最重要的是在梁鴻的記憶裏，父母與家庭是她最大心事。

梁鴻的新小說《四象》的創作就與她父親有關。太極生兩儀，兩儀生四象。河南省鄧州有一座古老鄉村梁莊，蜿蜒的大河與茂密的黑林子之間是寧靜的墳園。小說講述的是一位生者和三個亡靈的「奇幻漂流」。小說分四章，春夏秋冬各一章，是第一層「四象」；每一章分四節，是第二層「四象」；各章四節中的每一節，固定屬於一個敘述者，分別是立挺、立閣、靈子和孝先，四個敘事主人公分別從自己的視角出發，或回憶歷史變

心湖的水聲

幻，或講述現實生活中的人生百態；他們各自的情形及其與世界的關係，恰又各成一象，是為第三層「四象」。《四象》就是由四個不同的聲音錯落而成，活着與死去，地上與地下，歷史與現在，都因為四種聲音的交織連在了一起。《四象》記錄的是地下和地上的聲音，一個渾然一體、不分生者死者的世界。梁鴻力求將它們打通。

梁鴻說：「我寫這部小說，主要想寫出當代人的精神狀態，以及社會的形態。三個亡靈雖然是歷史人物，但我特別希望透過他們的眼睛，由過去看到現在，我們正在發生的時代狀態。」她說，自己想讓「梁莊10年後」成為一個開始，「我想以後每10年寫一次，直到我死了，把梁莊一直記錄到最後，也是挺有意義的一件事情」。在梁鴻身上，有一種質樸的底色閃着溫柔的光。從梁莊出發，在故鄉的底色裏尋找更大的答案。這是梁鴻正在走的路。

星雲大師：
讀書成了生命中重要資糧

　　新冠肺炎疫情本身就是一部教科書。養生貴在養心，讀書須先靜心。讀書正是一種建立內在秩序的方式，是調整心態、克制焦慮的重要途徑，撇開喧囂，撥開冗務。過去一直不明白，「閑」字的門內，為何用一個「才」字，今天明白了，宅在家「門」裏，書讀多了，就有「才」了。宅家的這段日子，讀的時間最久的當數《星雲大師全集》的《主題演講集3──宗教與體驗》。

　　大師在書中說，「1949年……我來到了台灣，開始我弘法的工作。我最大的志願是以文字來弘法，因為文字超越時間、空間，透過文字的媒介，不止這個時代、這個區域的人可以接觸到偉大的思想，幾千年、幾萬年以後的人類，此星球、他星球的眾生，也可以從文字般若中體會實相般若的妙義。靠着文字的橋樑，今日我們得以承受古人的文化遺產；由於歷代高僧大德們的苦心結集、傳譯，今日我們才能飽嘗法海的美味」。

　　20年來無數次拜見大師，幾乎每次都會聽他談寫書讀書。記得2014年2月，我和3位同事上佛光山，大師講故事，也談讀書。大師說過：「一個人肚子裏有

心湖的水聲

了書，這個人就有了華光。我們必須讓自己成為發光體，才能與世界的燦亮接壤。」

星雲大師有「路上書」、「雲中書」、「牀頭書」、「衣袋書」。與書結下不解之緣的大師，自稱上了「讀書癮」，每天無論多忙碌，他總是善用零碎的時間閱讀，一日不讀書，他就覺得渾身不對勁。

記得大師說過，他生於揚州一個窮苦農村家庭，從小沒有見過學校，也沒有進過學校念書，連一張小學畢業證書都沒有，到了有書可以讀的時候，已經超過學齡；直到 12 歲那年，他在棲霞山剃度後進入棲霞律學院就讀，「讀書成了我生命中的重要資糧。假如說我不讀書，現在的情況實在很難想像」。「因為對讀書的渴望，我向常住爭取管理圖書館的工作，藉由整理書籍的機會，可以閱覽群書；甚至夜晚熄燈後，我還躲在棉被裏點着線香偷偷看書」……他一生就希望成全別人讀書，也因此，他從小學校長做起，後來辦幼稚園、創辦佛教學院、小學、初中、高中，乃至在澳洲、美國、菲律賓及台灣創辦五所大學，目的就是希望讓眾生來讀書。

這部《宗教與體驗》是演講集，講的是〈佛教各宗派修持方法〉、〈當代人修持的態度〉、〈奇人的修證〉、〈佛陀的宗教體驗〉、〈阿羅漢的宗教體驗〉、〈菩薩的宗教體驗〉、〈我的宗教體驗〉、〈談迷說悟〉、

〈佛教的懺悔主義〉、〈佛教的慈悲主義〉、〈佛教對心識的看法〉、〈從心的動態到心的靜態〉。大師行文有兩大特點，一是引經據點，二是講故事多。

僅僅在〈佛教各宗派修持方法〉這一章，大師就引用《華嚴經》、《百論》、《十二門論》、《中論》、《阿含經》、《方等經》、《阿彌陀經》、《藥師經》、《維摩詰經》、《般若經》、《法華經》、《涅槃經》、《人法界品》、《解深密經》、《圓覺經》、《大寶積經》、《楞伽經》、《金剛經》、《大品般若經》、《華嚴探玄記》、《大乘莊嚴寶王經》、《十誦律》、《四分律》、《五分律》、《摩訶僧祇律》、《明了論》、《薩婆多論》、《善見論》、《摩得勒伽論》、《毗尼母論》、《六祖壇經》、《唯識三十論》、《唯識二十論》、《攝大乘論》、《成唯識論》、《瑜珈師地論》、《大智度論》、《藥王品》、《摩訶止觀》、《釋禪波羅蜜次第禪門》、《般舟三昧經》、《妙法蓮華經》……令人震撼，細細想想，大師一生要讀多少經典。

當今新冠肺炎疫情下，不少人憋在家幾個月，時間富裕了，周遭清淨了，人求索世界的本能又湧動起來，很多人感歎：又重新看上了書，找回手不釋卷的感覺。說起來，文字這東西，真是奇妙，帶着誘人的香氣。不同的排列組合，總會生發無限生機，無限趣味。現代醫學研究證明，「中外書籍都是由規範的文字元號排列，

心湖的水聲

白紙黑字，間距分明，具有一定的節律性。人在閱讀時，透過雙眼的視神經，傳導到大腦的視覺中樞，使全身的組織細胞產生共振現象，令人體生物節律趨向和諧整齊，激發生物潛能」。都說生命在於運動，按摩有利健康，讀書也是一種智力運動，猶如腦體按摩，堅持讀書，腦細胞就會不斷更新，可見讀書有利增壽養生。

正如星雲大師所言，讀書就像是在閱讀人生。唯有讀書，知識永遠是智慧。讀書的種子，會埋在人們心裏，因緣聚會時，它會成長、開花，也就是所謂「開般若花，結般若果」。我在想，與疫情博弈，把自己埋進書海看書，先撿起手邊那本之前沒看完的書。讀大師的書，就是一種「宗教體驗」。

衛慧：
從「上海寶貝」到心理諮詢師

　　久未露面的作家衛慧上了一條視頻，令不少網友驚呼：天啊！這居然是衛慧。曾是「新新人類」代表的她，穿了一件深色棉麻素袍，面相多了幾分中年持重。她的微博數百萬粉絲。

　　1999 年，26 歲的上海女作家衛慧出版長篇小說《上海寶貝》，旋即在海內外媒體圈引起旋風，她成為話題人物。那年，我專程赴上海對她作專訪。20 年前互聯網剛興起，她便紅得發紫，是上世紀 90 年代中國文化圈年輕女性代表之一，用今天的詞說，她是最早的「網紅」。

　　中國文壇「美女作家」頭銜，要說鼻祖，或許可以說從衛慧開始。當年的她是上海復旦大學中文系畢業的才女，也是指認亨利‧米勒為「精神父親」而要寫中國版《北回歸線》的酷女，更是一位貨真價實的美女。《上海寶貝》當年被翻譯數十國語言，在好萊塢投資下改編為電影，衛慧在歐美各大重要書展及電影展成為座上賓。

　　在中國，當年所謂「私小說」《上海寶貝》就是人

心湖的水聲

手一冊的青春啟蒙讀物。它有一股挾開放餘威的洋氣。幾場性描寫讓所有道學家氣急敗壞，女性忠實於自我慾望的呈現和炸裂，才是《上海寶貝》觸犯有關禁忌的關鍵所在而成了明令禁書。當年學校老師不讓學生看《上海寶貝》，「因為這本書很壞，會教壞你們」。老師這麼一說，很多原本不知道這本書的中學生，全跑去地攤上買來看，無形中帶動了盜版數百萬銷量。一位網友回憶：「《上海寶貝》的文字極具畫面感，迅速讓一群初潮的女中學生知道了所有應該知道的一切。」

而今，她再度出現在讀者面前，以原名衛慧用另一種方式，即心靈成長及家庭諮商課程老師，致力於協助化解個人或家庭情感問題的心理諮詢工作。在文壇銷聲匿迹多年的衛慧，疫情下重回公眾視野，力推「悅·陪伴」公益心理救助計劃。

原計劃應邀參與 7 月香港書展「名作家講座」系列活動，後因疫情延期。

2020 年 12 月，我與身在浙江余姚的衛慧，有一場問答。

回到 21 年前，那部頗具爭議的半自傳體小說《上海寶貝》，當年是年青人人手一本的「青春啟蒙讀物」，書在內地被禁，但有外國輿論認為「要了解中國未來一代就要讀這部小說」，現在回頭看，衛慧如何評價自己的這部小說的創作，如何看待當年的這場爭議？

衛慧說：「外國評論說的：要了解中國未來一代就要讀這部小說，我不認同。根據我這些年對中國文化的研讀和實踐，我看好中國文化的復甦，看好未來一代在精神與創造力上對中國文化的傳承與革新。至於這部小說，我認為它反映了當時西方文化對中國城市年輕一代的衝擊，以及女性的自我身分的探索。當年的爭議早已過去，我也已不是當年的那個誇張而冒失的小女孩，人都會變化。感謝這部書和當年的爭議，讓我有機會不停地返觀自己，了解自己，修正自己去到真正想去的地方。」

　　走進 21 世紀，衛慧似乎漸漸淡出文壇，也離開中國去了美國，7 年後又回到中國，這 20 年，她經歷了什麼？

　　衛慧說：「那是 2001 年，初次寄居於美國，馬上遇到『911 事件』發生，眼看着雙子大廈在眼前倒塌，對於我是個震撼和拷問：活着意味着什麼？何去何從?!《上海寶貝》文末的最後一句是：我是誰？這真是一語成讖，成為之後 20 年裏我的人生主題：不停地探索自我，叩問自我。從寄居於美國開始，我就覺得文學不能回答我所有的人生問題，便轉向研究西方心理學和中國文化中的心性修養，後終因割捨不下對父母、對故土、對中國文化的依戀，回國定居在故鄉余姚。那個情形怎麼形容呢？就是一個女孩走出故鄉小城，靠寫作

心湖的水聲

走到世界幾十個國家，然後兜轉了一圈，又孑然一身地回到故鄉小城，彷彿那些如夢的繁華什麼都沒發生過，真應了蘇東坡的詩：事如春夢了無痕。」

衛慧是怎麼從小說創作轉型為心理諮詢師的呢？令人好奇的是，她為什麼選擇這一職業？

衛慧說：「我回國後經歷了第一段婚姻的失敗，離異成為單親母親，獨立撫養幼子。在養育孩子的過程中，深感原生家庭對於一個人的重大影響，開始投入全身心成為心理諮詢師和家庭治療師，發心分享家庭治療與個體，尤其是女性成長的課程，迄今已在全國 30 餘地，包括用線上方式，輔助數千家庭和上萬個體重返和諧與寬廣。」

有人說，衛慧現在說的和寫的都是「心靈雞湯」，也有人說，衛慧她們年青時浪夠了，如今脫下舞鞋，穿上僧袍，開始贖罪。

衛慧對此回應說：「我現在說的和寫的，都比較少了啦。主要是在埋頭做一些家庭治療和輔助女性成長的工作。說起贖罪，我不能否認多少有這個情結。今年我們做母親節直播，有一位中年書迷在群裏直接表達了對我的憤怒。她認為年輕時因為看我的書追求起肆意自由的感情，現在人到中年自覺抑鬱。讓群裏很多人意外的是，我直接在群裏向這位書迷道歉。她哭了，群裏其他人也流下淚水。過去 6 年的心理諮詢和家庭治療工作，

的確很辛苦，沒有假期沒有娛樂，但每一步組成改造生命的路，漸漸成為喜歡的自己。」

2020年衛慧《與愛重逢》出版，這部新書是說什麼的呢？

衛慧說：「《與愛重逢》是一套點擊量達100萬的同名音訊節目的結集。關於人生命中最重要的三個關係：與自己的關係，伴侶關係，親子關係。封面上有句話：『所謂伴侶關係，親子關係，終極意義上都是你和自己的關係』。這依然因應了我本人貫穿了20年的人生主題：探索自我，淨化自我。淨化一詞，可以關聯到中國儒家文化強調的『克己復禮』，克己就是心理的淨化；復禮的禮，可以理解為敬，比如中國人講敬老尊賢，敬天畏人。書的推薦人之一復旦大學心理系主任孫時進教授曾經問我：你現在怎麼大變樣了？這種心理轉變具體的路徑是什麼？我說就是這些年心理諮詢實務工作和傳統的心性修養帶來的改變。」

當下，社會上青少年群體和女性群體心理問題頻現，衛慧傾注精力，開設療癒工坊，到各地學校、婦聯等機構做公益講座，問她感受如何？

衛慧說：「有一次在廣州對500多師生做家庭和諧之道的公益講座，有校長告訴我，他們學校裏出現四、五年級的小學生開始服用抗抑鬱藥的個例。感受到學生和學校，還有學生的家庭都在經受一些壓力。還有在各

心湖的水聲

地婦聯做講座時，各行業的女性不可謂不優秀，但她們現在對如何養育孩子、安頓好家庭有迫切需求。這裏可以看出在飛速發展的社會環境下，家庭作為最基本的單位面臨的挑戰，同時也發現女性對孩子和家庭有天然的需求，這是工作和金錢所無法代替的幸福感。至於我們的深度療癒工坊，吸引到的大多也是女性，她們主要為孩子的厭學、抑鬱、遊戲上癮、抽動症等身心問題來求助。在心理求助上，女性比男性更積極一些。因為我的作家背景，在具體療癒過程中，還會結合書寫和詩歌以及其他藝術形式，這些對女性身心的修復有契合處。」

新冠疫情爆發之始，衛慧帶領團隊，線上線下開展陪伴和傾聽的公益心理救助計劃，我問她，後疫情時期，對人們的生活會有什麼根本改觀？

衛慧說：「是的，我們今年春節初二就對疫情做出反應，開始名為『悅·陪伴』的公益心理救助計劃，持續到疫情緩解的 4 月，共陪伴超過 2,500 多人次的求助者，包括一線醫護工作者和其他行業的人。當時發現有三個明顯特點：一，醫護人員的創傷應激反應集中爆發；二，春節期間因疫情困在家中，原生家庭的矛盾被激發出來；三，面對不確定性的恐慌和焦慮，社會性集體創傷呈現。心理救助的效果超過我們預期，團隊和求助者都很努力。後疫情時期，所謂生活的根本改觀，就觀察

到的而言，一是人們對做事、消費、健康持謹慎心態；二是中國文化中民胞物與、克己復禮的理念，對世界未來的影響；三是具體工作和生活方式上，人們進一步轉向了線上；四是精神上的不安穩度增加，對心理救助和文化修養的需求明顯上升。」

當年衛慧創作半自傳體小說，把自己披露得淋漓盡致。今天她的私生活，新老讀者都依舊「八卦」，據說她剛剛新婚，幸福感滿滿。

她笑稱：「所謂半自傳，當時不免是為賦新詩強說愁，真真假假，虛虛實實，唯有自知，一笑。最近的確是離異10年後再婚了，感覺是幾十年的尋尋覓覓，起起伏伏，終於安心快樂了。我閨蜜說得好：女人再辛苦，若能有美好的歸屬，一切都可撫平了。50歲還不到的女人，能從西方文化的影響裏回頭轉向傳統文化的價值觀，從工作和事業中轉向婚姻和家庭，也許是想通了一些東西吧。我先生是個普通人，我們之間的感情是誠摯而順暢的。其實真正讓人幸福的，都很簡單平實。到了中年才領會到這個，為時不晚吧。這幾天我和先生在慢慢打理屋前的小花園，冬天本該是萬物凋零，但泥土裏還是蘊含着生機。」

衛慧寫了幾句：有一個可愛的花園／積聚着人生的蜜，和收穫的詩篇／就在長長的幽徑的另一頭／卻需要穿越孤寂和評判／去到那裏／你可願意？

心湖的水聲

衛慧對我說：「開個玩笑，我的課程與書都叫《與愛重逢》，也許是輔助不少人與愛重逢了吧，我現在自己也是與很多愛重逢了。」

鄒倫倫：
愛你愛妳，用「愛」凝聚香港

　　春分節氣，特殊的日子，特殊的春天。氣溫回升，草長鶯飛。春天與愛分不開。3 月 20 日晚上在尖沙嘴文化中心音樂廳，一場《愛你愛妳香港——2021 新春音樂會》。主辦方希望以此召喚社會各界相互關懷與包容，用「愛」把香港再次凝聚起來。

　　音樂會藝術總監鄒倫倫說，此次音樂會是一項大型慈善活動，參加演出的香港藝術家都希望以此召喚社會各界相互關懷與包容，用「愛」把香港再次凝聚起來。是次音樂會還提供 350 張門票贈送給低收入家庭熱愛音樂的青少年和小朋友，借此讓更多孩子有機會接受音樂薰陶、感受藝術的歡喜，觸摸社會溫暖，音樂可以傳遞愛、友善及關懷，使他們從小感受「大愛」。音樂會的全部善款將用作孩子未來的免費音樂教育，帶動社會民眾一起關懷弱勢群體，促進香港社會不同階層之間的融合。舉辦此次活動是希望為大家帶來全新的驅動力，召喚社會各界人士用慈款善念相互關懷與包容，用「愛」將心愛的香港再次凝聚，恢復健康活力，再現心中最愛的香港。

心湖的水聲

鄒倫倫說：「過去的一年是香港社會飽受疫情折磨而困頓的一年，大家遠離正常的生活。作為藝術家的我就想要用一個音樂形式來激發年輕人內心充滿對明天的期待，帶領大家走出困頓，於是我們帶動一群青年人，帶動一些藝術家，一起謀劃這場音樂會。傳達愛給社會是最大的主題。音樂會名稱是『愛你愛妳』。在香港，這個愛你，愛妳是繁體字，第一個是男人的你，第二個是女人的妳。那就代表所有的人，這兩個繁體字特殊的文化，只有包括香港在內的部分地區是這樣寫，充分體現了香港的特點。愛你和愛妳，帶動大家手拉手走向美好未來。」

這場以中西文化交融互動而真摯感人的音樂盛典，彙聚中西方古曲、現代曲、專題時代曲，還夾雜鼓、小提琴獨奏與其他樂器的表演。古箏藝術家鄒倫倫院士、香港中樂團琵琶演奏家張瑩、香港中樂團首席胡琴演奏家周翊等傾情獻演。郎朗國際音樂基金會青年學者梁俊晟、香港青年鋼琴家莊凱鈴、青年小提琴家杜瀾、香港歌手陳凱彤等青年藝人參加演出。

國際著名古箏大師鄒倫倫，是家族中第四代古箏傳人。她從 4 歲學習音樂到考入中國著名音樂學府瀋陽音樂學院附中到大學，一路海外留學至今。她經常在全球殿堂級的演奏廳巡迴演奏，以她絢爛而柔美的演奏風格征服世界，2015 年成為首位獲得世界傑出華人藝術家

大獎的演奏家。現場演奏中，由琵琶二胡古箏合奏的《春江花月夜》、《漁舟唱晚》絢爛而柔美，而由她主彈奏的曲目《高山流水》、《戰颱風》表現了北方演奏家的豪邁和奔放，感染力頗強。

13 歲少女李靖的小提琴演奏也贏得陣陣掌聲。她就讀於聖士提反女子中學，自 5 歲始習小提琴，6 歲考入香港演藝學院主修小提琴，師承陳浩堂教授。六歲時參加台灣巴羅克音樂學院《全台音樂大賽》榮獲第 2 名，多次在亞太比賽屢獲殊榮。李靖在聲樂也富有天賦，參加多個不同比賽取得冠軍。演出現場，她先演唱了舒曼的《獻詞》，接着小提琴演奏《愛的致意》。

這場音樂會由香港奔向未來文化交流協會、香港國際音樂藝術學院共同推出。主辦方陳煒文博士指出，在今天的環境下，在短時間推出這樣一場真摯感人的音樂會，確實不容易。文化和藝術表演是一種表達形式，是民眾喜歡觀看和享受的，它能提升大眾對藝術的興趣，帶動社會健康積極發展，鼓勵民眾與青少年發奮圖強，逆境中不畏困難挑戰、努力上進。以音樂藝術的學習及欣賞帶動了解祖國文化的魅力與風土人情，從而增加民族感、歸屬感、自我認同感。

主辦方稱，近年來香港經歷了許多社會波折，讓香港再現健康活力，是每一位生於斯長於斯的市民的共同心聲。在這特殊時期，希望用對藝術孜孜的追求回饋社

心湖的水聲

會，鼓勵青少年發憤圖強，共同努力唱響未來。香港特區政府保安局局長李加超出席音樂會並為此次音樂會題詞：「曲傳妙韻，愛澤香江」。香港青年協會高級顧問王荔鳴題詞：「弦藝傳情，香港有愛」。香港美術學院院長曾曉輝題寫書法「忽聞倫倫彈古箏，鵲唱枝頭慶新春。香江八方歌雅韻，巾幗戮力譜新篇」，在音樂會開場前贈送主辦單位。音樂會現場特邀香港女歌手陳凱彤演唱《我永遠愛你》、《你不在》等曲目，現場觀眾紛紛打開手機閃光燈，與旋律一起躍動，濃濃愛意的氛圍洋溢整個音樂廳現場。

徐全：
歷雨迎鋒——國軍抗戰紀念碑考

　　有形之碑易逝，無形豐碑永存。抗日戰爭勝利 75 周年過去不到兩個月，10 月 25 日，台灣光復節來臨。75 年前的這一天，中華民國政府的代表在台灣人民與盟軍代表見證下，接受日方投降。也是在這一天，中華民國正式從日本政府手中，接手台灣與澎湖群島的治理，結束長達 50 年日本殖民統治。回顧抗戰期間，國軍以劣勢裝備與日軍浴血苦戰，多少國軍傷亡、殉國，才換來國家的生存，浴血八年抗戰，牽動無數人悲歡離合的人生，有厚重而深沉的歷史意義。光復節前夕，被視為「台灣女婿」的徐全，耗時 3 年寫作的 18 萬字《歷雨迎鋒：國軍抗戰紀念碑考》一書，由台北黎明文化出版。

　　8 年對日抗戰期間，中華民國國軍與日軍歷經重大會戰 22 次，重要戰鬥 1,117 次，小型戰鬥 3.8 萬多次。官兵傷亡 3,218,125 人，268 位將領以身殉國，百姓死傷在 2,000 萬人以上。國軍先烈奮不顧身、慷慨捐軀的事迹不勝枚舉。撫今追昔，一座座為對日抗戰而修建的國軍公墓、紀念碑或忠烈祠，承載了無法抹減的

心湖的水聲

歷史滄桑。

　　《歷雨迎鋒：國軍抗戰紀念碑考》是首部專以國軍抗戰紀念碑為研究對象的學術專著。全書輔以大量圖片和史料，記述中國大陸各地具代表性的國軍抗戰紀念碑、陣亡將士公墓和忠烈祠的修建緣起、造型外觀、金石文獻、相關戰史及其後的滄桑變遷。徐全說，並非所有陣亡軍人都能入土為安，有些軍人甚至是屍骨無存，後世的墓、碑、祠只是一個可以感懷戰爭無情的憑弔處，他們遠離故土、親人與幸福，也失去了生命與自由。

　　近日，光復節正成為台灣乃至兩岸政壇的熱議話題。國民黨主席江啟臣前不久在黨的中常會上說，台灣光復是中華民國與台灣的重要歷史連結，然而在中共當局擴大舉辦慶祝典禮，民進黨政府刻意忽視的雙邊操作下，竟然造成「光復節在台灣逐漸被遺忘，卻在北京大肆慶祝的荒謬景象」。江啟臣說，國民黨應堅持立場，喚醒國人對光復的重視，因此國民黨已着手規劃台灣光復節的系列活動，讓大家不管是透過知性探討，或是感性歡慶，都能有機會深思台灣光復的意義，一起以歷史為根本，思索中華民國在台灣的前景與發展。

　　在北京，國台辦發言人朱鳳蓮說，台灣自古屬於中國領土，第二次世界大戰結束之後，被日本殖民統治50年的台灣，於 1945 年 10 月 25 日光復，回歸祖國懷

抱。這是包括台灣同胞在內的全體中華兒女共同抗戰取得的重要成果。今天兩岸同胞以多種方式紀念這一重大歷史事件，緬懷先烈歷史功績，這對於推動兩岸關係和平發展、推進祖國和平統一進程具有重要意義。有輿論認為，面對國軍抗戰這一具歷史和現實功能的複雜議題，北京官方一直在「塑造國族價值觀」（肯定國軍在正面戰場的貢獻）和「維繫源自階級革命的歷史法統」兩者間，求取一種微妙的動態平衡。

近年國民黨財務拮据，多年沒專門舉辦光復節紀念活動。台灣光復 75 周年，中共要盛大舉辦紀念活動，「真正光復台灣的國民黨不能讓對岸專美」，決定籌借 100 萬元新台幣舉辦三場紀念活動，22 日在智庫舉辦「台灣光復 75 周年——中華民國在台灣的足迹」學術研討會，探討「台灣光復在社會文化、經濟、政治、國防等方面的意義」；25 日在中影八德大樓舉辦「台灣光復 75 周年紀念音樂會」，復刻 1945 年台北公會堂（現北市中山堂）受降典禮場景；23 日起登場的「台灣光復 75 周年線上影音紀念展」。

台灣光復節是中華民國與台灣的重要連結，國民黨紀念光復節，則是要向對岸爭「正朔」、在台灣內部搶「中華民國」的話語權。有學者認為，民進黨過去都以「台灣地位未定論」、「國民黨是外來政權」的史觀來定位國民黨、切割中國大陸，最近陸委會則罕見強調台

心湖的水聲

灣回歸的是中華民國，一改綠營「外來政權說」。有
輿論指出，「中華民國」一時之間成為藍綠紅三方「資
產」而各取所需，藍要體現中華民國法統，綠要讓台灣
與中華人民共和國脫鉤，紅則刻意用「祖國」代稱中華
民國，強調台灣是中國的一部分。

　　跳脫藍綠紅三方的政治對立，回歸歷史與學術，則
徐全的這部宏著表達的就是中華民國國軍官兵當年在
抗戰中的犧牲精神。多年來，他走訪大陸各省市，以民
間力量完成近百座抗戰紀念碑田野調查或文獻整理，讓
後人了解那一代國軍保家衛國的犧牲代價，更是軍史與
近現代史研究者參考資料。徐全現為香港城市大學中文
及歷史系博士候選人，研究領域為晚清及民國思想史、
中共革命史。多年來他參訪中國大陸當年國軍對日抗戰
的多處遺蹟，包括公墓、紀念碑、忠烈祠等，有的殘缺
不全、有的破壞殆盡，讓他深感悲涼，遂興起透過完整
的寫作，呈現這些國軍碑、墓、祠所經歷的多重歷史滄
桑與遭遇。

　　徐全說：「2017 年夏，我在香港城市大學的博士
課程指導老師陳學然副教授熱心提示：可嘗試將自己平
時外遊時參訪的國軍遺蹟加以匯總和整理，寫出一個
『國軍抗戰史蹟圖』。在陳老師啟發下，除整理已踏足
過的國軍墓葬史蹟之外，我亦向各地朋友搜集當地的國
軍公墓、紀念碑或忠烈祠的圖片與史料，打算寫出一本

和國軍抗戰紀念碑有關的小書。」這便是他寫作的緣起所在。

徐全表示，他盡可能走訪各處的國軍遺蹟，除做記錄、引用當地文獻資料，也訪問當地耆老，在此過程獲得很多民間義工和國軍後代的協助，一點一滴的完成。但因或多或少的政治敏感問題，也遇到一些阻礙，例如在甘肅省某縣，即便透過各層關係也無法獲得當地檔案館提供的一手資料。徐全說，今時今日，中國大陸的國軍抗戰史蹟，有的經歷了建立、破壞、重建的歷史年輪；但亦有大量的建築則因形制殘缺或完全消失而難以復原。

他說：「將『歷雨迎鋒』定為書名，便是想呈現國軍碑、墓、祠所經歷的多重歷史滄桑與遭遇」，「在以史為鑒的信念下，生活在今天的我們，應當對任何極端、狂熱的民族主義思潮保持高度警覺，因為這種思潮對個人自由的威脅不言而喻，更是開啟戰端的根源……期盼在未來，不會再有任何一個『小人物』因為對『大歷史』的不同觀點、因為對不同價值觀的自主選擇，而承受苦難和代價。所有的人，不論生活在台北、上海還是京都，都能永享自由與和平。」

心湖的水聲

沈昌文：為知識分子創造精神家園

　　90 歲的沈昌文，2021 年 1 月 10 日在睡夢中離世。清晨 6 點，女兒發現他安然走了。這位著名出版家、文化學者，為一代知識分子創造了「一個精神家園」。他主事的刊物和出版社，廣開言路，達成「通識」，允許各種觀點並存，世界複雜，相容並蓄，才是他心目中的完滿。

　　他任《讀書》雜誌主編，主持 10 年，《讀書》被認為是「觀念最開放、思想最活躍」的刊物，先後開設了馮亦代的「西書拾錦」、王佐良的「讀詩隨筆」、樊綱的「現代經濟學讀書筆記」、趙一凡的「哈佛讀書筆記」等多個兼具文學性、思想性的專欄，使《讀書》雜誌成為中國知識界的一面旗幟。用上海華東師範大學著名學者許紀霖的話說，沈昌文創造過許多金句，有「可以不讀書，但不可不讀《讀書》」。

　　許紀霖說，「這是何等自信，在上個世紀的 80、90 年代，竟然就是讀書界的事實。那個年代的過來人，假如不是《讀書》的讀者，都不好意思說自己是讀書人」。80、90 年代的《讀書》，形成了獨特的風格，用沈昌文的話說，讀《讀書》不必正襟危坐，可以躺着

讀，上廁所的時候也能讀，但《讀書》又不是一般的枕邊讀物、廁所文章，讀完之後，知識有大長進，精神有大補益。

在上個世紀末，幾乎所有像《讀書》這樣有影響的報刊，最後都「壯烈犧牲」，唯獨《讀書》碩果僅存。主持者用心良苦，他們懂中國，懂政治，也懂人情世故。學者們公認的是：沈昌文對雜誌尺度的把握，既屬於死不改悔的「那一邊」，又不至於打烊關門，還活得滋潤，有文化人尊嚴，要懂得一點「思想離不開趣味」的為文之道。沈昌文主持《讀書》的最後幾年，對分寸的拿捏已到爐火純青的地步。有學者說，沈從文從民國走來，那層思想底色是再多的政治運動也洗刷不盡的，「他有要改也難的文化追求，儘管小心翼翼，左顧右盼，但只要有一分空隙，都要擠出一條縫來，為讀者爭取一點外來的新鮮空氣」。1995 年的《讀書》雜誌發起一場聲勢浩大的人文精神大討論，幾乎所有的知識分子都席捲其中。

沈昌文 1931 年 9 月生於上海，後畢業於上海私立民治新聞專科學校，1951 年 3 月至 1985 年 12 月歷任人民出版社校對員、秘書、編輯、主任、副總編輯，1986 年 1 月至 1995 年底，任生活‧讀書‧新知三聯書店總經理兼《讀書》雜誌主編。其間，出版西方經典著作《寬容》、《情愛論》、《第三次浪潮》等，出版蔡

心湖的水聲

志忠漫畫、金庸著作，引起反響。他心繫讀者，尊重作者，在編輯、作者、讀者之間，充分發揮出版社橋樑作用。1996 年 1 月退休後，又發起創辦《萬象》雜誌，策劃出版《新世紀萬有文庫》等。沈昌文著作有《閣樓人語》、《書商的舊夢》、《知道》、《八十溯往》、《最後的晚餐》、《也無風雨也無晴》等。

上海作家簡平說：「這些年，沈公每年都帶着新著來上海參加書展。沈公是我認識的老人中活得最有品質，最有智慧，最有趣味的人，和他在一起，會充滿活力、豁達和快樂。」近年，沈昌文年事已高，很少出京城，若外出只去兩地：一是去美國看女兒，一是去上海看書展。2019 年，這是他最後一次到上海。上海書展前夕，浙江大學出版社趕出的《八八沈公》，在友誼會堂舉辦簽售會，為慶祝他八十八歲壽辰，他的舊識、好友、徒子徒孫奔相走告，收集了 34 篇有關他的趣事文章，一個天真、狡猾、機智、幽默、隨心所欲、放浪形骸的形象躍然紙上。在書展簽售會上，沈昌文向台下讀者說，「我的初心在上海。我是上海人，就是上海的『小赤佬』。在上海待了 19 年，這期間不只是得到了人的成長、文化知識，更重要的是精神上有了指引」。他說，「霞飛路上有一家餐廳的羅宋湯好吃，我以前只知道去喝湯，後來就找那裏的廚師學俄語。不僅學了語言，他還告訴我很多蘇聯的新思想」。

許紀霖說，「人至賤則無敵，從底層跌打滾爬一路打拼上來的老沈深諳此道。身居正廳級的三聯書店總經理，他沒有讀書人的矜持，更沒有京城場面上的官氣，在他的身上，多的是市民階層出身的海派文人特有的精明和狡黠，用上海話來說：叫做『曉得看山水』。他將自己放在很低的位置上，別人要傷害他，不太容易，因為你不能打倒一個主動躺在地上的人。他是一個懂得生存智慧的人」。

沈昌文曾總結自己的出版工作經驗是「三個第一」，即文化第一，品質第一，人脈第一。他說，所謂人脈第一，「就是人際關係，編輯是組織生產的人，這中間，自然要和生產要素搞好關係嘛」。要搞好關係，和朋友吃飯就十分重要，他說：「我是主張吃的。跟文化人或者思想家要搞好關係，我沒別的手段，只有一條——吃。飲食便於進入主題，就有話可談。」2020年12月9日，喜歡喝啤酒的沈昌文，還喜孜孜地興與友人聚餐，喝了兩三瓶啤酒。

北京作家、報社前總編輯吳苾雯說，「80年代末，我的第一部作品集《一個女記者的夢》就是在沈先生一手策劃下出版的。那時，能在三聯出書是一種莫大榮耀。沈先生策劃這套記者叢書時，我們在一起小聚。他說，他學的是新聞卻沒當過記者，就想為新聞界做點有益的事。因為這本書，我與沈先生有過多次接觸，在我

眼裏他是一個老頑童，詼諧風趣，常常妙語連珠，與他交談總是輕鬆而又快樂，願他在天堂裏還是那個『老頑童』。」

邵燕祥：「中國文學界良心」——
不倦的風始終呼嘯着

詩人、散文家、評論家邵燕祥，堪稱「中國文學界的良心」。2020 年 8 月 1 日，患有心臟病的他在北京家中去世，享年 87 歲。艱難時世，中國真正知識分子又少了一位。8 月 3 日，邵燕祥子女說，「父親前天上午沒醒，睡中安然離世。之前讀書寫作散步如常。清清白白如他所願，一切圓滿。遵囑後事已簡辦，待母親百年後一起樹葬回歸自然。人散後，夜涼如水，歡聲笑語從此在心中」。

從北京邵燕祥家人的文化朋友圈獲悉，在家中邵燕祥獨居，與夫人謝文秀、女兒分房而居，同一幢樓，一在 16 樓，一在 11 樓。他每天早上有晚起的習慣，那天夫人以為他尚沒睡醒，便去同幢樓的好友家中聊天，11點許，接到女兒電話，說父親不行了。上午女兒見父親怎麼遲遲沒起牀，便上樓去找他，發現父親表情安詳，無痛苦狀，只是全身冰涼，沒有其他異樣，家人電喚120 救護車急送垂楊柳醫院⋯⋯之前一天，他還下樓在院子散步，晚上血壓稍偏高，於是早早去睡了。他在睡夢中去世。浮生若夢，從浪漫主義到現實主義，最後又

心湖的水聲

以浪漫主義方式結尾，邵燕祥留下一段夢。

據北京出版家、作家李昕說，翌日邵燕祥遺體在八寶山火化，骨灰已取回家中。喪事從簡是邵燕祥遺願，疫情期間八寶山也無法舉辦告別儀式，告別大廳都閉門。他說，他建議邵家設靈堂靈位，會有很多人要來表達敬意，寄託哀思。邵燕祥夫人卻表示，不想給人添麻煩，也不給那些虛情假意的人提供場所了。現在來的，都是好朋友。是日上午，已故中共黨史專家何方的夫人宋以敏來過，很多友人送去花圈、花籃，有上海圖書館送的花圈，有章詒和、錢理群、張思之等人送的花籃。

北京文化大家章詒和說邵燕祥，「是不倦的風，始終呼嘯着」。上海學者陳子善說，他是「正直敢言的詩人、散文家」。有邵燕祥的朋友稱其「青年寫詩，使邵燕祥及早成名；晚年寫雜文、寫散文式的文化回憶錄，兼作打油詩，勇於解剖自己的同時解剖社會，用匕首和投槍進攻腐朽，從而站到了文化與人生的高點上」。還有朋友說，「邵燕祥給人的印象溫文爾雅，但他的思想底線卻極其清晰。中國主流文學界是個名利場，陷阱多多，名作家、名詩人，一不留神，就會落入權力和資本共謀的圈套。他乾脆自我邊緣化，遠離文壇喧囂，絕不與之同流合污。但遇到事關國家社會走向的公共領域大是大非，他又每每不畏權勢，挺身而出，表達良知，聲張正義。所以，在我們心目中，他是當代作家中頭腦最

清醒，最具獨立之思想、自由之精神的人，是最讓人敬重的文學家」。

邵燕祥生於 1933 年 6 月，祖籍浙江蕭山，曾任中央人民廣播電台編輯、記者，1958 年被劃為「右派」，1979 年平反，後曾任《詩刊》副主編等職。中國作協第三屆理事，第四、五屆主席團委員，第六、七屆全委會名譽委員。他出版詩文集近百種，詩集《在遠方》、《遲開的花》分獲第一、二屆全國優秀新詩（詩集）獎。他從上世紀 80 年代起，集中寫作感時憂世的散文、雜文、隨筆，被稱為「中國雜文大家」，與曾彥修、牧惠並列為中國雜文界思想解放領軍人物，他又大量創作舊體詩詞，與吳祖光、楊憲益、李汝倫等老友共領風騷。他的雜文集《憂樂百篇》、《邵燕祥隨筆》分獲第一屆全國優秀散文雜文獎、第一屆魯迅文學獎。

章詒和說，「邵燕祥其人，難用三言兩語去概括。他對人，無論親疏遠近，他對事，無論大小輕重，都有着良好的理解力和判斷力。他是把所有的生活挫折和全部的精神磨難，都轉變為一種『體驗』，投到作品中，砸進文字裏。一砸一個坑，鑿實堅硬。毫不猶豫地給我們的偉大時代和光明社會以『致命的一擊』。加之個人的稟賦修養，他的思想、情感、意志之表達，決非人們所慣用的思路與方式……他們都十幾年或幾十年地沉淪在社會底層，卑賤又漫長。痛苦窘迫的生存狀態，則

心湖的水聲

促成並強化了他們對歷史、對社會、對人生的認識。身處『另冊』，以及政權與政策實施的孤立和打擊，又製造出他們與時代、社會的『距離』。它既屬於生活的特殊形態，又是對社會認知的特殊能力」。

樸實平和、生動親切、立場鮮明又綿裏藏針，是邵燕祥的文風，他是有鋒芒的，鋒芒在他的文字裏。近年來，邵燕祥最為引人關注的作品是四年前出版的《我死過，我倖存，我作證》，正是他從一位詩人最終轉向雜文寫作的註腳。這部力作以其親身經歷為基礎，記述 1945 年至 1958 年中國社會的履歷、奇變，既是珍惜史料，也是深刻反思，是中華民族真實、生動的階段史，也是一代知識分子的命運史、心靈史。

學者孫郁說，邵燕祥對橫亙於觀念世界的諸種病態理性，毫不客氣地直陳其弊。吳祖光與「國貿大廈」事件，人們三緘其口的時候，他出來講話了；佘樹森不幸早逝，人們木然視之時，他出來講話了；作家被誣告，且法庭判作家敗訴時，他出來講話了。「邵燕祥短小的文章，不斷在諸種報紙上冒出其中，把動人的聲音傳遞出來。在他的眼裏，虛假的『聖化』已失去光澤。他用犀利之筆，還原了這個世界的本來面目」。

邵燕祥生前最後一本書是《人散後，夜涼如水》，2020 年 7 月出版的，書名取自中國現代漫畫先驅豐子愷畫作，是邵燕祥對已故去的幾十位文壇友人回憶之

作。港版由香港城大出版社推出，邵燕祥夫人謝文秀說，「這次很順利，先寄來一批十本，再寄來一箱，都收到了」。「人散後，夜涼如水」，如今，邵燕祥也加入這批友人行列。他也離去了，為讀者留下一個高大的背影。他去世的消息傳出當天，網絡上讀者紛紛吟誦他早年的那首詩《當我成為背影時》：當我成為背影時，不必動情、不必心驚，/只須悄悄地揮一揮手，/如送一片雲一陣風，/如送落日不再升起，/如送不知何往的流星，/人人都將成為背影，/天地間一切都是過程……

心湖的水聲

孫長江：改革開放標誌性人物——
從「跪着」、「躺着」到「站着」

　　中國改革開放標誌性人物孫長江，於 2020 年 6 月 19 日下午病世，享年 87 歲。他是首都師範大學離休幹部，大學是日發出的訃告稱，「哲人其萎，風骨長存」，「根據家屬意願，後事從簡」。據悉，他的兩個女兒都在國外，疫情下一時回不來北京。1978 年《實踐是檢驗真理的唯一標準》這篇中國改革開放發軔大作，曾掀起全國轟轟烈烈的真理標準大討論，也拉開了中國改革開放的大幕。孫長江正是此文主要撰稿人和主要定稿人之一。

　　20 多年來，每年北京全國人大和政協兩會期間，我都會擇機前往孫長江寓所或他住的醫院探望他。最後一次見他是 2019 年 3 月 9 日，他在家躺在牀上，迷迷糊糊睡了，記者在他邊上等他醒來。5 分鐘後他醒了，看到我一愣，似乎有點認不出，遲疑了一陣，才唸出我的姓，「……是你……是你來開會了啊？好久不見。」他很興奮，卻沒法再交流了。離開前，握着他手，含淚向嫂夫人和保姆深深一鞠躬，謝謝她們始終的陪伴和照顧。

2020 年 4 月 15 日，胡耀邦逝世 31 周年，網絡滿屏都是悼念胡耀邦，感歎「那是個多好的年代」。不少網友提到他主持的《實踐是檢驗真理的唯一標準》的討論，我想起此檄文的主要作者孫長江，已經幾個月都沒能聯繫上他。每年春節等節日，都會和孫長江夫婦互通電話，但 3 個月前的春節，他手機始終關機，寓所電話也始終打不通，他會在哪兒呢？早年，孫長江夫婦每年會去國外女兒家住一段日子，或者由朋友安排在海南住兩個月，近年他倆歲數大而又多病，已不能離開京城。記者託人打探，都沒有消息，估計都住醫院了。

　　1978 年 5 月，先由中央黨校主辦的《理論動態》發表《實踐》；11 日，北京《光明日報》公開發表此文；繼而由《人民日報》、《解放軍報》轉載，新華社向全國發稿。自此掀起關於真理標準問題的大討論。當時中國剛脫離文革狀態，「兩個凡是」（凡是毛主席作出的決策，我們都堅決維護；凡是毛主席的指示，我們都始終不渝地遵循）的思想教條依舊懸掛在人們頭上，禁錮國人思考。文章發表後像一顆「重磅炸彈」在思想理論界引起巨大震撼，成為批判「兩個凡是」的檄文，拉開當代中國思想解放序幕，為中國改革的起步掃平障礙。

　　「實踐是檢驗真理的唯一標準」是 40 多年來最響亮、最深刻的口號和理論之一。《實踐是檢驗真理的唯一標準》主要執筆人孫長江，被視為「敏感」人物、

心湖的水聲

前中共總書記胡耀邦陣營的智囊團成員之一，是重要筆桿子。加上他在《科技日報》任常務副總編輯時一些1989 年「六四」事件中的言行，令他在以後的公開場合宣傳中被隱去而塵封了，從此銷聲匿迹，對他諱莫如深。談起這篇劃時代傑作的背景時，人們只聽到另一位參與寫作者胡福明，而不知道還有一位重量級的作者孫長江，直到改革 30 年時才獲公正解讀。

　　2008 年 11 月 24 日，廣州白天鵝賓館，廣東南方報業傳媒集團評選的「30 年 30 人‧改革開放 30 年風雲人物」揭曉慶典。75 歲孫長江，頭髮尚黑卻步履蹣跚；另一位《實踐是檢驗真理的唯一標準》參與執筆者、73 歲胡福明，步伐穩健卻已滿頭白髮。他倆一起走上台，接受全場致敬，兩人 30 年來首次連袂登台。一樁歷史公案由此得到公正解讀。1 個月後的 12 月 20 日，北京人民大會堂，「中國改革開放 30 年經濟『百人榜』系列評選」揭曉，孫長江和胡福明又一起入選「中國改革開放 30 年影響中國經濟 30 人」。孫長江登台說：「30年前我們寫了一篇文章（指《實踐是檢驗真理的唯一標準》），經過實踐證明完全是對的，今後還要看實踐，實踐實踐再實踐。」

　　撰寫《實踐是檢驗真理的唯一標準》時，孫長江任中央黨校理論研究室研究組組長，後任中央黨校理論研究室副主任、《科技日報》副總編輯、首都師範大學教

授。經歷過那個階段的人都知曉，發表這樣的文章需多大勇氣。孫長江說，當年時任毛主席著作編纂委員會副主任的吳冷西看了文章勃然大怒，指責說：這是「向馬列主義開戰，向毛澤東思想開戰」。在那個年月，寫這樣的文章顯然要冒生殺之禍。孫長江回憶說，文章發表後，有人以「砍旗」上綱上線，他做好了蹲監獄的準備。孫長江感歎道，「如果不是鄧小平的全力支持，不知道會是什麼局面」。

40 多年過去了，歷史還原真相。孫長江一直將他修改潤色的發黃稿件的複製品珍藏在家，並將可以佐證當時他起草和修改的原版稿件，獻給了國家博物館。他曾多次向我出示這一珍藏品。他說：「我從頭到尾參加了起草和修改這篇稿件。當時，一個字一個字斟酌，記不清修改了多少回。當年，是經耀邦親自審閱定稿後才發表的。」

孫長江曾對我說：「回顧 30 年，乃至我走過來的大半輩子，十分慚愧。作為一個知識分子，我也有自己的頭腦，有時看到問題，也動腦子想，想了就想說，想寫。但提起筆，手就軟了，怕挨整。寫東西，理應自己有什麼想法，就寫什麼，文責自負。可中國的知識分子偏要先看看別人的臉色，別人說過沒有，怎麼說的。這個『別人』當然是大人物、是偉人。了解了以後，就照抄照搬，戰戰兢兢，生怕走樣，對這種『創作』狀態，

心湖的水聲

我稱之為「跪着寫」，跪在偉人的影子下『創作』。」
他說，後來，社會有了進步，「雖基本狀況變化不大，
我還是改稱為『躺着寫』，就是躺在現成的經典或文件
上面『創作』，不求解決問題，但求平安無事」。他說，
改革開放以後理應迎來「站着」寫，但仍有很大理想成
分，談何容易，這首先要有個「站着」的環境。孫長江
說，從「跪着」到「躺着」再到「站着」，這是民族的
覺醒過程，歷史進步是不能也不容許倒退的。

汪道涵：15 年後今天再回味他生前「86 字箴言」

　　這幾個月來，台海似乎就不太平靜。到了 10 月，喊「打」聲音愈來愈多，也愈來愈響，面對如此多變的兩岸和國際形勢，我常常會想起汪道涵老先生。他離開我們整整 15 年了，那是 2005 年 12 月 24 日。

　　我忘不了那一幕。12 月 24 日上午 7 點，上海瑞金醫院 9 號樓 11 層，昏迷三天的汪道涵依然靜靜地躺着，儘管病牀邊是各種醫療儀器，身上插着各種管子，但老先生的臉很安祥，睡着了似的，看不出有一絲痛苦。病房裏他的心率監護儀顯示心跳：120，115，116，112，114，反覆了好一陣，而後逐漸往下走，直到心跳顯示 25 後，倏地一下跌至 0。老先生心臟從此停止跳動，此時是 7 點 12 分。他身患前列腺癌和胰腺癌，之前 10 年曾因胃癌動過手術。夫人先他而逝，更令他雪上加霜。2005 年春天，汪道涵體內癌細胞擴散，5 月仍強撐病體兩次走出醫院，分別會見來自台灣的時任國民黨主席連戰和親民黨主席宋楚瑜，老先生依舊神采奕奕。

　　老先生任上海市長時，我採訪過幾次。1994 年我

心湖的水聲

移居香港供職《亞洲週刊》後也多次見過他，我與他的兩位秘書張兄、葛兄始終保持着密切聯繫。1999 年 4月的一天，葛兄從上海電話我說，你回來一下，採訪老先生，上面同意的，老先生有話要說，後天就趕過來上海做訪問吧。我當即報了我和總編輯邱立本的名，兩人一起採訪，我朦朦朧朧中，覺得這次採訪不同以往，有一種特殊的氛圍。一小時後電話回覆我說「同意」過去兩個人。這「上面」，無疑是指北京。

兩天後，在衡山飯店。這是他 10 多年來唯一一次接受中文媒體獨家專訪。這位北京對台政策的「國師級」人物，出乎我們意料，罕有打破禁忌，對一些敏感話題不予迴避。當時外間對他關於「一個中國」的 7 句話 61 個字的說法解讀沸沸揚揚，那是他會見台灣新同盟會會長許歷農老將軍時談到的，但汪老先生認為老將軍解讀的那幾句話，並非完全是他原意，因此老先生要特別約我們去予以澄清。

顯然有備而來。他拿出一張事先準備好的紙，上面用電腦打印題為《關於「一個中國」的說明》。這段說明闡述中南海關於一個中國原則的涵義：「世界上只有一個中國，台灣是中國的一部分，目前尚未統一，雙方應共同努力，在一個中國的原則下，平等協商，共議統一。一個國家的主權和領土是不可分割的，台灣的政治地位應該在一個中國的前提下進行討論」。這段說明闡

述了北京關於「一個中國」原則的涵義，後來被稱為「86字箴言」。這顯然經中南海政治局常委核定，至今依然是中共的對台理念。

事後，我才意識到，老先生把我叫回上海採訪的關鍵點正在此。老先生看着紙先讀了一遍，隨即將紙遞給邱總。邱接過紙，問：「這是不是一個最準確的版本？」老先生回答道：「這是現在最準確的版本，當然每個問題還有很多批註，很多闡述，很多解讀，那麼讓我們兩岸共同來解決。」

老先生原定於是年秋天訪問台灣。他告訴我們，具體日期要兩岸雙方商討，對話就是希望兩岸關係發展有所進展。不過，這一年，眾所周知的原因，老先生赴台未能成行。汪道涵終其一生，還是沒能到台灣。他是以76歲高齡出任海峽兩岸關係協會主席，與台灣辜振甫的1993年「汪辜會談」意義深遠。

記得，我好友、前《人民日報》副總編輯周瑞金曾對我說過：「歷史常給人『萬事天定，人生如寄』的感慨。兩岸『汪辜會談』的兩位主角和好友，一個在年頭（1月3日），一個在年尾（12月24日），相繼駕鶴西行；辜振甫的農曆忌日為甲申年十一月廿三，汪老恰好是辜老忌日周年的翌日，即乙酉年十一月廿四。是命運安排，還是歷史巧合？也許他們在天上會繼續神聊，在人間已成絕響。」

心湖的水聲

兩位老先生一為儒宦，一為儒商，共同酷愛中華文化，學貫中西、儒雅倜儻，一舉手一投足都體現中國文化，他們品茶、談京劇、說餐飲、講書籍版本，都離不開「一個中國」。他們之間互送禮物最多的是筆筒，你知我知，心照不宣：兩岸必（筆）然統（筒）一。

　　兩岸統一需要有「心靈契合」。如今在兩岸關係上，大陸不乏所謂立場「鷹派」，性格「戰狼」，「武統論」張揚的聲浪。其實，當下台灣主流民意已不在「統一」，民進黨和國民黨也都不主張「統一」，所謂「心靈契合的統一」、「快快樂樂的統一」，是可望而不可及的。兩岸「和平統一」的路確實已經愈走愈窄。沒有壓力下的和平統一，目前是沒有可能了。有壓力之下的和平統一，就是「以武逼統」的「北平模式」。

　　想想汪道涵「86字箴言」，唯有「在一個中國的原則下，平等協商，共議統一」，今天我們能不能先放下「武器」，多多做好自己的事，再等等再看看？

張愛玲：
百年冥誕，2020，「愛玲愛玲」

　　踏入 9 月，張愛玲百年冥誕，2020，「愛玲愛玲」，這一年，也是張愛玲去世 25 周年，華文媒體紛紛搶閘推出紀念專輯，諸多關於張愛玲的研究專著接連推出，台灣《印刻文學》雜誌宣布舉辦全球華文圈期待已久的「首屆張愛玲文學獎」。2020 年是個特殊節點，這一波讓全世界暫停運作的疫情抽空了時間，讓人們停在原處觀望，重新凝視自身。100 年也好，25 年也好，人們對於整數都會熱衷回顧，也確實值得紀念，彷彿人們已經完成了些什麼，或是走過了某個階段。從張愛玲開始發表她的作品到現在，她筆下的男女情愛、人情世故，即便人舊了，心也總藏個活的念想。

　　張愛玲是 20 世紀中國文學史上的傑出作家。進入 21 世紀以來，「張學」研究已比上一世紀更為深廣地展開，張愛玲文獻學也已取得長足進展。張愛玲生於 1920 年上海，顯赫家族早已破敗，「沒落貴族」是她。1943 至 1945 年，僅僅兩年，她以《沉香屑・第一爐香》嶄露頭角，出版《傳奇》、《流言》，光彩奪人，「海上傳奇」是她，此後再沒有張愛玲時代。1952 年，

心湖的水聲

她離開中國內地，後半生遠渡重洋，深居簡出，筆耕不輟，成了引人好奇的謎。1995 年她在美國家中離世。海上花，開又落。歷經繁華然後落盡，她的名字已成為一種符號和現象，百年過去，她的書仍被閱讀，仍蔓延出一系列文學系譜。她被歷史留了下來。擁擠的文壇上，仍有個屬於她的位置。

被視為「祖師奶奶」的張愛玲，在文學神壇上已說不清多少年了，讀者只知道關於她的「熱度」從來沒有冷卻過。作品被一版再一版地印刷，改編成舞台劇、影視劇，甚至由張愛玲的撰文風格衍生出來的「張派」文學，以及往後的無數作家，無不直接折射張愛玲在文學史上亮點。張愛玲，以出身論，她是貴族中的「沒落戶」；以感情論，她因愛情遭受半世紀的臧否；以生活論，她晚年拮据、洗盡鉛華；但以文學論，她立於不敗之地。

香港文化人、作家馬家輝是我老友，他對我說，張愛玲出生日期，有說是 9 月 19 日，有說是 9 月 30 日，而他只信任細心的馮睎乾，他在《在加多利山尋找張愛玲》書裏指出，「張愛玲在 1920 年 9 月 30 日出生，即農曆八月十九日，這是毫無疑問的」。馬家輝說，「他更替張小姐試推了紫微斗數命盤，驗算她的性格和際遇，從年輕成名到老年飄泊，皆有脗合……張愛玲逝世 25 年至今，悼念文章陸續有來，回憶的考究的，評

論的詮釋的，各有卓見」。

　　台灣《印刻文學生活誌》10 月號宣布舉辦「第一屆張愛玲文學獎」，這是華文圈期待已久的文壇盛事。《印刻》8 月號，封面專輯「張愛玲一百」，被視為華文媒體新一波紀念張愛玲風潮的最強風颮。專輯是慶賀百歲誕辰，也是身為讀者的回望，有楊照的「總論」《張愛玲百年祭》，爬梳張愛玲的文學定位和寫作脈絡；有魏可風的小說《謫花──再詳張愛玲》，回溯張愛玲一生。在「解讀·張愛玲」欄目中有簡媜的《謎樣女人，魔樣人生──讀〈謫花〉有感》，以女性角度共情，還她「肉體凡胎」；還有魏可風的《一襲被冤枉的華美袍──張愛玲疾病年表以及立克次體病症狀》等。在「印象·張愛玲」欄目中有葉天倫的《討厭張愛玲》、林姣霜《欠可愛》、徐禎苓的《鞋事》、張馨潔的《來自千瘡百孔的迴聲》、楊婕的《垃圾裏的愛情》等。

　　正如《印刻》執行主編蔡俊傑說：「打從張愛玲出現，並且作品很快風行，甚至風靡之後，彷彿從此人和人之間多出了一層『張愛玲時間』，人們好像找到一種方式去估量人與人之間的曖昧距離，還有心與心之間計較斤兩。所有的人際情愛關係，各自冷暖溫涼沁濕浸透，非得徹徹底底感受，是蒼涼或頹敗，自己跳進去才算數。也可以說，每個人都應該讀出屬於自己的張愛玲，她永遠可以是新的，是無止盡追尋的原型」，「時

心湖的水聲

間帶不走張愛玲，不論是作品的廣傳研讀，或是未來可能的更多史料發現，以及嶄新觀點的提出，傳奇仍繼續豐富着讀者們的想像與追索。」

《印刻》總編輯初安民告訴我，8月的《印刻》一上市便脫銷。《印刻》意猶未盡，承繼8月專輯，再迎來「9月張愛玲」，同時出版兩幅不同的百歲張愛玲封面，供讀者珍藏。這一期有黃心村談張愛玲於1941年港戰爆發前後，於香港大學短暫3年的經歷，並帶來珍貴的影像和資料；張偉細說文華影業和張愛玲的淵源；導演桑弧拍攝的張愛玲相片；蘇曉康解讀晚年張愛玲的孤絕棄世；楊照析解《封鎖》中的空虛感；邵迎建夢裏尋情，再探《流言》；周芬伶揭露《小團圓》裏禁果樂園的幻滅……

在香港，《明報月刊》9月號也推出特輯《張愛玲誕辰百周年·紀念與新發現》。有潘耀明訪談導演許鞍華的《銀幕上刻畫張愛玲佳作》、王安憶《戲說》、林青霞《走近張愛玲》、許子東《張愛玲與香港的弔詭關係》……總編輯潘耀明在「卷首語」文末強調說：「一個社會，假如被掏空了文化，只是靠表面的繁華來維繫風光，正如《第一爐香》女主角葛薇龍的感覺一樣，興許一覺醒來，大眾都會覺得自己『是《聊齋誌異》裏的書生』，駸駸然那座『豪宅』已經『化成一座大墳山』了。這是香港的現實與危機。」

7月，第77屆威尼斯影展大會宣布，「終身成就金獅獎」得主為香港導演許鞍華，她成為首位獲此榮譽的華人女性導演。大會評論認為，「許鞍華是當前亞洲最受尊重、最多產、最多面的導演之一，其職業生涯橫跨四十年，涉獵所有電影類別」。她執導的新片《第一爐香》也入圍了該影展，並公布了海報。金色背景的海報上是九張照片：導演許鞍華、編劇王安憶、攝影指導杜可風、服裝造型設計和田惠美、音樂監製阪本龍一……陣容華麗。這部影片改編自張愛玲的小說《沉香屑·第一爐香》。

　　張愛玲的《第一爐香》創作於1943年，故事說的是上海女學生葛薇龍於「813事變」後，隨家人到香港避難求學，後來戀上紙醉金迷的生活，愛上富家公子喬琪喬，逐漸沉迷在紙醉金迷中不可自拔的悲劇。這部小說是張愛玲的處女作，寫了一個大時代，一經發表，就令張愛玲聲名大噪。擅以電影語言處理文學與時代題材的許鞍華，會為大家帶來怎樣的《第一爐香》，能否再現香港紙醉金迷的舊時代風情，張迷和許迷都期待着。

　　這已經是許鞍華第四次改編張愛玲的文學作品了。1984年，許鞍華根據張愛玲同名小說，拍攝了電影《傾城之戀》，由周潤發和繆騫人主演。1997年香港回歸前夕，許鞍華又拍攝了電影《半生緣》，該片改編自張愛玲的小說《十八春》，由黎明、吳倩蓮、梅艷芳、

心湖的水聲

葛優主演。2009 年，許鞍華又首次執導舞台劇《金鎖記》，這同樣是張愛玲在 1943 年的作品。該劇由王安憶編劇，2009 年在香港首演。許鞍華並不認為自己是「張迷」，她說張愛玲只是她熟悉的人。不過，許鞍華也多次表露自己對張愛玲的喜愛。她認為：「張愛玲把人性的方面都寫出來了，這是最吸引我的地方，她的目光比較平等。」

對此，陸小鹿評述認為，張愛玲的小說，素來讓導演們又愛又恨。愛的是她的小說自帶「電影感」，因張愛玲自己就是影迷，也編過劇，桑弧導演的《太太萬歲》的劇本就來自張愛玲。另一方面，「張迷」人數眾多，用當下流行的話來說，「張愛玲」三個字就是流量保證。但是，將她的小說改編成電影也非易事，因張愛玲小說並不以情節為主，其最出彩的是文字及情感部分，如何將這些轉換為影像而不失華彩，是一大難題。饒是如此，還是有不少導演知難而上。比如關錦鵬拍過《紅玫瑰與白玫瑰》，侯孝賢拍過《海上花》，李安拍過《色・戒》，而將張愛玲小說搬上銀幕最多的，當是許鞍華。

許鞍華執導的新片《第一爐香》和舞台劇《金鎖記》都由上海作家王安憶任編劇。王安憶初登文壇不久，就展現出了個人風格，在傷痕、反思、尋根文學潮流中一路前行，是公認的實力派小說家，但在上世紀

90 年代創作關口，她在尋求自我更新和創作轉型中，遇到了對於她非常重要的作家張愛玲。

老友王安憶告訴我，她第一次在文章中公開談論張愛玲，是寫於 1995 年 5 月的《尋找蘇青》一文。王安憶全面解讀張愛玲是在 2000 年 8 月，她在香港「張愛玲與現代中文文學國際研討會」上作題為《世俗張愛玲》的演講。有評論說，凡是熟悉王安憶在地域視角這個節點上發生重要轉型的人都知道，張愛玲思想和文學的這兩個著力點，恰恰也是對王安憶創作轉型產生重要影響的文學資源。

翌年，王安憶在一次接受採訪時談到張愛玲。談到很多人將王安憶小說與張愛玲作對照看時，王安憶明確說：「我覺得有像的地方，但不是像到那種程度。像是因為有兩點：一是都寫了上海，這容易使人想到我和張愛玲的關係；另一方面，都寫實，在手法上，也使人把我們聯繫起來。我個人最欣賞張愛玲的就是她的世俗性。慾望是一種知識分子理論化的說法，其實世俗說法就是人還想過得好一點，比現狀好一點，就是一寸一寸地看。」但若說張愛玲對她的影響很大，王安憶卻不以為然，張愛玲的小說不過是她創作發展過程中的一個添加劑、一個啟發點，而並非全部。因為她早已形成自己創作路線，有自己小說軌道，小說寫作的邏輯。有評論認為，王安憶所創作的小說中某些故事想像邏輯、敘述

山湖的水聲

方式和行文風格的轉變，也都或多或少地看得出張愛玲文學資源的成分。但這並不表明，王安憶的創作就是張愛玲在上世紀90年代的翻版。「張愛玲」這一因素，不過是給她小說創作的地域視角注入了新活力，產生了一種新動力。在特定的意義上可以說，她「重寫」了張愛玲。

在上世紀一大批名筆文豪中，張愛玲可稱為是其中最讓人筆下蠢蠢欲動、而又最值得留白的大家，這些年研究她的著作，遠遠多於她自己的作品本身。7月，一年一度香港書展因新冠疫情而延期，是否年底舉辦仍有待觀察。原計劃《亞洲週刊》主辦的「名作家講座系列」有一場《百年張愛玲：香港的傾城之戀》的講座，由名導演許鞍華、許子東與宋以朗的現場講座。宋以朗是張愛玲遺產繼承、執行人，是張愛玲摯友宋淇、鄺文美夫婦之子，多年來整理研究張愛玲遺稿等資料。香港嶺南大學中文系教授許子東，是著名中國文學學者，著有《張愛玲的文學史意義》等，新著有《細讀張愛玲》。他們仨對談各自與張愛玲的連接、張愛玲與香港的連接。

香港收藏家吳邦謀將自己收藏中的張愛玲藏品編輯成書，從一個嶄新的角度去發掘張愛玲的個性與一生的故事。他編著的新著《尋覓張愛玲》，把多年來蒐集的超過200件有關張愛玲的珍貴藏品，包括早期著作初

版、報刊原刊小說、電影宣傳刊物、廣告及照片等，跟讀者分享，講述藏品中穿插故事，圖文並茂，透過一些真實的藏品去接觸張愛玲。藏品可遇不可求，收藏除了金錢的付出，也要看機遇，更少不了對藏品的慧眼。原定的 7 月香港書展期間，吳邦謀也有一場《張愛玲與香港》為題的講座。

閱讀吳邦謀這部新著，不難發現書中亮點甚多。最奪人眼球的，莫過於他對張愛玲中學母校上海聖瑪利亞女校 1932 年年刊《鳳藻》的評述。吳邦謀有幸覓得這本《鳳藻》，終於發掘出這篇目前所知張愛玲最早刊登的英文作品，把張愛玲的英文寫作時間提前了整整五年，張愛玲的創作史，因吳邦謀的這個發現而又要重寫了。張愛玲先後在香港生活的三個時期，即 1939 至 1942 年、1952 至 1955 年，以及 1961 至 1962 年的短暫旅居，在其生活史和創作史上都佔着不容忽視的位置。《尋覓張愛玲》中以相當篇幅討論張愛玲的香港生活，顯然具有深意。吳邦謀寫了《張愛玲在港大》等文，全面討論張愛玲在香港大學的學習、師承、交遊和香港生活對其創作的影響，同時配以大量珍貴照片，甚至還有上世紀 40 年代初的香港銀行存款單、電費單、「人力車商組合收條」等，力求回到「歷史現場」。

與上海教授、文史研究者陳子善相識幾十年了，他近著有《從魯迅到張愛玲》等。他為吳邦謀的《尋覓張

心湖的水聲

愛玲》作序。他認為，《尋覓張愛玲》其實是一部別致的張愛玲簡傳，由簡練明快的文字與豐富生動的圖像資料組成的一部圖文並茂、相得益彰的張愛玲簡傳。吳邦謀並不依照時間順序，也不平鋪直敘，而是把他多年蒐集的各種鮮見的張愛玲書刊資料，按照他對張愛玲其人其文的理解，精心編排和解讀。吳邦謀所孜孜「尋覓」和處理的，正是至今尚未關注、未能解決或仍存爭議的「張學」研究上一些重要問題。《尋覓張愛玲》就是吳邦謀四處苦心「尋覓」的可喜成果。值此張愛玲100周年誕辰來臨之際，《尋覓張愛玲》一書的問世，更是對張愛玲別具意義的紀念。

　　與淳子有30年沒見了，剛剛出版的《惘然·張愛玲》是淳子關於張愛玲的第12部作品，這是一部寫張愛玲一生的紀實文學。淳子是張愛玲研究學者、上海作家，曾在上海和新加坡任電台節目金牌主持人。她對張愛玲的了解，從為文到為人，從人生履痕到文學旅程，可謂既統觀全局又細緻入微，既高屋建瓴又鞭辟入裏。她的考據、檢索、調查、閱讀，就內地研究張愛玲而言，恐怕很少有人出自其右，這本關於張愛玲的紀實文學，它有觀點、有評述、有考據、有調研、有採訪，它是淳子的一種獨特文體，不拘一格而又自成一格。

　　淳子研究張愛玲顯得如此「瘋狂」，她不僅熟讀了張愛玲每篇文章，甚至追蹤張愛玲的足迹，尋訪她生活

工作過的犄角旮旯，不管天南海北、國內國外，但凡涉獵過張愛玲的城市、街道、寓所、學校，一直到幾弄幾號幾室，她都像偵探一樣，親自去踏勘；但凡與張愛玲有過交集的人物，以及與張愛玲有過一絲一縷相關的事物，她都像探礦一樣去發掘。

上海社會科學院國家高端智庫資深研究員陳聖來是老朋友了。他說，為了探尋張愛玲在美國的四十年足迹，淳子會埋首在卷帙浩繁的檔案裏，悉心追循。在美國查找資料的來訪者記錄裏，近 15 年，淳子是唯一一人。有時就為了親自看一眼張愛玲的一處曾短暫逗留過的寓所，她會在 10 餘次的造訪未果後，依然鍥而不捨。她的表達亦論亦敘，借散文的筆調、借小說的技法，借用電影蒙太奇的剪輯，把敘述者和被敘者、把現實的場景和歷史的閃回巧妙而不露斧痕地組合與疊加。「她用這種近乎癡迷的喜愛來接納張愛玲，她走進了張愛玲的生活，張愛玲走進了她的寫作」。

上海同濟大學中文系教授萬燕研究張愛玲作品 28 年。萬燕說，張愛玲是一個靠寫作謀生的人，沒有其他收入來源，所以她寫的是什麼，決定着她能否生活下去。這是職業作家最痛苦的事。離開中國大陸後，在香港、在美國，她的這種撕裂感仍在繼續。她為什麼認識了好友宋淇？那是因為宋淇任職的電影公司需要找人做編劇，張愛玲是在上千人中去應聘的。她也要謀求飯

心湖的水聲

碗。在美國也是同樣，你來寫書，人家給錢，這是一個商業化的社會。她在美國掙扎了那麼多年，還是想選擇她的自由立場。在她生命後期，如果不是因為作品在台灣、香港這些地區受歡迎的話，她連生存都是很難的。但那已經很晚了，差不多從 1992 年開始，她才稍微寬裕了些，1995 年她去世了，寬裕的日子不長。萬燕認為，雖然經濟困難，但張愛玲的寫作一直在求創新。

萬燕說：「她的本源，她的選擇，她的風格，還有她的局限，全然脫開二十世紀的門派之見……她不跟着流派走，只選擇了自己的一種蒼涼美學主義，她是很徹底的個人主義者。所以，在中國的近現代文學裏，我們找不到一個張愛玲式的作家。她沒有同類。她一直是很孤獨的，她從小就是孤獨的，但是她扛得住這個孤獨。」

心湖的水聲

作　　者：江迅

責任編輯：周詩韵　韋明旭

協　　力：蔡嘉濠

封面設計：簡雋盈

美術設計：盛達

出　　版：明報出版社有限公司

發　　行：明報出版社有限公司

　　　　　香港柴灣嘉業街 18 號

　　　　　明報工業中心 A 座 15 樓

電　　話：2595 3215

傳　　真：2898 2646

網　　址：https://books.mingpao.com/

電子郵箱：mpp@mingpao.com

版　　次：二○二一年七月初版

I S B N：978-988-8688-01-2

承　　印：美雅印刷製本有限公司
